El deber de un jeque
Jane Porter

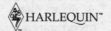

Editado por HARLEQUIN IBÉRICA, S.A.
Núñez de Balboa, 56
28001 Madrid

I.S.B.N.: 978-84-671-7798-5
Depósito legal: B-46621-2009
Editor responsable: Luis Pugni
Preimpresión y fotomecánica: M.T. Color & Diseño, S.L.
C/ Colquide, 6 portal 2 - 3º H. 28230 Las Rozas (Madrid)
Impresión y encuadernación: LITOGRAFÍA ROSÉS, S.A.
C/ Energía, 11. 08850 Gavá (Barcelona)
Fecha impresion para Argentina: 2.8.10
Distribuidor exclusivo para España: LOGISTA
Distribuidor para México: CODIPLYRSA
Distribuidores para Argentina: interior, BERTRAN, S.A.C. Vélez
Sársfield, 1950. Cap. Fed./ Buenos Aires y Gran Buenos Aires,
VACCARO SÁNCHEZ y Cía, S.A.
Distribuidor para Chile: DISTRIBUIDORA ALFA, S.A.

Prólogo

Montecarlo

El jeque Zayed Fehr, el hermano del medio de los tres poderosos Fehr, volvió a leer la carta. Había sido mecanografiada en el grueso pergamino color marfil de la familia real, pero era de Khalid, el hermano pequeño, no del hermano mayor, Sharif, el rey.

La carta era breve y sencilla. A Zayed le temblaban las manos. Parpadeó. Él Zayed, el Fehr sin corazón, apenas podía respirar. El dolor explotó en su pecho una, dos veces. Espiró para intentar controlar la conmoción.

Khalid tenía que haberse equivocado. Estaba en un error. Si eso fuera cierto, él habría oído algo antes de recibir esa carta. No podía ser.

Zayed, el Fehr sin corazón, supo por primeras vez en quince años que sí tenía corazón porque se le acababa de romper.

Sharif, su amado hermano mayor, había desaparecido. Su avión se había estrellado en el desierto del Sahara y se le daba por muerto.

Eso suponía que él tenía que casarse inmediatamente y volver a casa.

Porque el hijo de Sharif tenía tres años y ésa no era edad para gobernar. Él sería rey.

Capítulo 1

Vancouver, Canadá

–¿El jeque Zayed Fehr está aquí? ¿En Vancouver? –repitió la doctora Tornell mientras las manos le temblaban al quitarse las gafas de la nariz.

Se dijo a sí misma que era el cansancio lo que hacía temblar su mano; el agotamiento esperable después de una gira promocional de siete semanas. Se dijo que no tenía nada, absolutamente nada que ver con el jeque, el hermano del rey Sharif Fehr, y el único hombre que la había humillado.

Jamie, la joven asistente de Rou de veintitrés años, se acercó a la mesa en la que Rou trabajaba en el ordenador.

–Sí, está... aquí.

–¿Qué quieres decir con aquí? –exclamó Rou, perdiendo la frialdad que normalmente exhibía en su voz.

–Quiero decir aquí, en el hotel.

–¿Qué? –volvió a ponerse las gafas y miró consternada a Jamie. Normalmente usaba lentes de contacto, pero en la intimidad de su habitación prefería las gafas–. ¿Por qué?

–Le dijiste que no tenías tiempo para verlo en Portland. O en Seattle. Así que ha volado a Vancouver y aquí está –sonrió nerviosa–. Y creo que no se va a marchar hasta que lo recibas. Parece que es urgente. De vida o muerte, o algo de esa naturaleza.

Vida o muerte. Justo la clase de cosas que diría su padre. Zayed era igual. Guapo, rico, famoso, superficial y egocéntrico. Siempre eran ellos, lo que querían, lo que necesitaban. Despreciaba a los playboys y las estrellas de cine, odiaba la autoindulgencia y, sobre todo, odiaba a Zayed Fehr.

Zayed, aunque hermano de Sharif, era la oveja negra de la familia. Un príncipe del desierto descuidado, sin sentido de la responsabilidad, sin corrección.

–No tengo tiempo para verlo...

–En realidad sí...

–Pero no quiero verlo.

–¿Lo has visto alguna vez? –preguntó Jamie.

–Nos conocemos –respondió en tono plano sin querer admitir más.

Jamie no necesitaba conocer los detalles de su doloroso y vergonzoso encuentro tres años antes. Bastaba con decir que Zayed era un hombre en quien jamás confiaría ni a quien respetaría.

–Es realmente guapo –añadió Jamie ligeramente ruborizada.

–Lo es –respondió Rou con un suspiro de exasperación–. Podría decirse que es físicamente perfecto. También tiene una exorbitante cantidad de dinero y un enorme poder, pero eso no le hace una buena persona.

–Parece bastante agradable –se encogió de hombros–. En realidad parece muy agradable...

–¿Lo has visto?

–Bueno, sí. Está aquí, en la sala de al lado.

–¿En mi suite?

–Le he dicho que podía esperar ahí –se ruborizó aún más–. Pensaba que igual ahora tenías cinco minutos. La persona que te va a llevar a la televisión tardará aún media hora y te van a maquillar allí –vio la expresión de Rou y rápidamente añadió–. Realmente está desesperado por verte.

Rou colocó los papeles que tenía delante intentando ocultar su pánico. Zayed estaba allí esperándola al otro lado de la puerta, y aquello la ponía nerviosa.

–¿He hecho algo mal? –preguntó Jamie nerviosa.

–No –dijo, consciente de que le sudaban las manos y tenía desbocado el corazón.

Fue consciente de que Jamie estaba a punto de echarse a llorar, y lo último que quería era ver a Jamie llorando. Se esforzaba y era una chica encantadora además de una eficiente asistente. Rou no podía reprocharle haber sucumbido al encanto de Zayed. No sólo era guapo y rico, también era encantador y carismático y las mujeres caían rendidas a sus pies. Incluso ella, lógica, fría, científica, había caído a sus pies.

–Pensaba que tendrías cinco minutos –tartamudeó Jamie.

Rou apoyó las manos en la mesa con fuerza para que dejaran de temblar. Por supuesto que los tenía. Ése no era el problema. El problema era que no quería compartir cinco minutos con Zayed. No quería verlo, ni siquiera cinco minutos.

–¿Cuánto lleva esperando? –preguntó.

–Media hora –sus mejillas se enrojecieron por completo.

–¿Por qué no me lo has dicho antes? –dijo, pálida.

–Yo... –subió y bajó los hombros–. Yo...

–No importa, Está bien –cuadró los hombros y se colocó un mechón rubio tras la oreja–. Dile que pase. Lo veré. Pero sólo cinco minutos. Eso es todo lo que le dedicaré –su voz era firme. Alzó la barbilla–. Asegúrate de que lo entiende.

Zayed estaba de pie en la salita de la suite esperando para ser recibido por Rou Tornell: autora de éxito, conferenciante internacional y celestina profesional.

Era su parte de casamentera profesional la que hizo curvarse ligeramente su labio superior.

¿Quién habría pensado que la tímida protegida de Sharif terminaría siendo una conferenciante internacional además de una exclusiva casamentera?

¿Quién habría pensado que la introvertida y académica Rou Tornell pudiera comprender la atracción sexual o el romanticismo?

Zayed normalmente era demasiado caballeroso para hacer comparaciones entre las mujeres, pero con Rou Tornell era imposible no hacerlas. Era la mujer más fría, estirada y tiesa que había conocido jamás y, aunque Sharif decía que sencillamente estaba centrada, la experiencia de Zayed le hacía sospechar que lo que estaba era reprimida, incluso clínicamente reprimida.

Si no fuera por Sharif, no estaría allí en ese momento.

Pero ¿quién podía haber imaginado que Sharif, sólo cuatro años mayor que él, desaparecería? ¿Quién podría haber imaginado que el avión real se estrellaría?

Cerró los ojos brevemente mientras una oleada de dolor le recorría el pecho. El dolor era más vívido en ese momento que cinco días antes cuando había recibido la noticia. Después de enterarse, había volado a Sarq para ver a su hermano menor, Khalid, quien trataba de mantener todo bajo control hasta que él volviera y se hiciera cargo.

Zayed también había dedicado tiempo a la reina, Jesslyn, y a sus hijos. Cuatro niños asombrados y llenos de dolor que echaban de menos a su adorado padre.

Las cosas en palacio estaban peor de lo que había imaginado. Dolor, miedo. Nadie sabía qué había sucedido. Era como si el avión sencillamente se hubiera caído del cielo. Ninguna señal de advertencia, ni de avería, ninguna llamada pidiendo ayuda. El avión simplemente había desaparecido. Faltaba un día para que hiciera una semana de la catástrofe.

A los catorce días, por ley, Zayed heredaría el trono.

Era imposible. Él no era un gobernante. Sarq no era su sitio. El desierto ya no estaba en su sangre. Amaba la lluvia, no el sol. Los rascacielos y áticos eran su nuevo hogar.

Pero el rostro de Jesslyn, sus ojos enrojecidos por el llanto, no se le borraban de la mente.

Tampoco el silencio de Khalid, su dolor. Quizá era eso lo que le atravesaba el corazón.

–Te necesito –le había susurrado Khalid mientras lo abrazaba para despedirse–. Todos te necesitamos. Vuelve a casa.

Khalid jamás le había pedido nada. Nadie le había pedido nunca nada. Sharif había sido el que se había hecho cargo de todo. Era el mayor, la roca, el centro de la familia. Y ahora no estaba. Así, de pronto. No sorprendía que Jesslyn pareciera un fantasma. No sorprendía que Khalid llevara días sin dormir. Su mundo estaba patas arriba. Nada volvería a ser igual.

La puerta del dormitorio de la suite se abrió y apareció Jamie, la joven asistente personal, bonita y un poco rellena, que salió y cerró tras ella.

–La doctora Tornell puede recibirlo ahora –dijo con las mejillas llenas de rubor–. Pero me temo que tiene una agenda muy apretada, dado que tiene varias apariciones en medios esta tarde antes de su firma de libros y sólo podrá ser unos minutos.

–No hay problema –respondió tranquilo, pensando que era muy del estilo Tornell: trabajo, trabajo y trabajo.

Sonrió mientras seguía a la asistente hacia donde estaba la doctora.

Había dado sólo unos pasos en el dormitorio cuando vio a Rou en un escritorio en un rincón del bonito saloncito, tenía delante un ordenador portátil abierto. Llevaba gafas y el pelo recogido de un modo informal detrás de las orejas. Rubia, delgada, pedante y tensa, exudaba la calidez de un cubito de hielo. Su personalidad era más o menos igual de interesante. Pero tenía éxito y fama de ser la mejor en su campo, y eso era lo que necesitaba.

La asistente desapareció cerrando discretamente la puerta tras ella.

–Buenas tardes, jeque Fehr –saludó Rou mientras se cerraba la puerta–. Ando un poco justa de tiempo, pero por Jamie me ha parecido entender que estás un poco desesperado.

Su tono glacial no le pasó desapercibido. Apretó los labios.

–Yo no diría desesperado, doctora Tornell. Decidido seguramente se ajusta más a la realidad.

Rou se echó hacia atrás en la silla, cruzó los brazos y con mirada pétrea dijo con frialdad:

–No puedo ni imaginarme en qué puedo servirte.

Ese hombre no le gustaba, jamás le había gustado, si accedía a verlo era por cortesía con Sharif.

–Ha pasado mucho tiempo –dijo él, acercándose–. ¿Dos años?

–Tres –sintió una descarga al ver que se acercaba.

Tenía más magnetismo del que recordaba. Había olvidado cómo llenaba una habitación, cómo parecía ocuparla por completo. Además estaba su estatura, y su complexión. La ropa que llevaba le sentaba a la perfección. Su propio padre tenía igual carisma, pero él había sido una gran estrella de cine.

Zayed no era estrella ni de cine ni de la música. Era un jeque que actuaba de un modo más occidental que el más occidental de los hombres. Un jeque millonario, al margen de la fortuna de su familia. Un hombre que hacía lo que le placía, cuando le placía y como le placía. Incluso si hería a los demás en el proceso.

Aún le dolía que le hubiera hecho daño a ella. No debería haber permitido a un hombre como ése tener esa clase de poder. Pero entonces no había pensado que lo tuviera.

Aun así había sacado algo positivo del doloroso y humillante episodio. Había sido la introspección que había necesitado, introspección que se había convertido en su segundo éxito editorial. *No hay príncipes: cómo reconocer a los chicos malos, los farsantes y los embaucadores para poder encontrar el amor verdadero.*

–¿Tanto? –respondió él con una sonrisa igual de fría–. Parece que fue ayer cuando nos conocimos.

–¿Sí? Seguramente a Pippa no. Ha tenido dos hijos desde entonces –lo miró aunque notara un nudo en el estómago.

Lo odiaba. Odiaba que le hubiera hecho daño, que se hubiera reído de ella, que le hubiera hecho darse cuenta de que no debía fiarse de los hombres y que jamás encontraría el amor verdadero.

–¿Tiene ya dos hijos? Pues sí que ha estado ocupada.

Y en ese momento, Rou recordó el fin de semana que se habían conocido en la boda de su cliente Lady Pippa Colllins en Winchester. Sharif era quien tenía que haber estado allí, pero en el último momento no había podido asistir y Zayed lo había hecho en su lugar.

Pippa había sido quien los había presentado durante la celebración.

–Jeque Fehr –había dicho haciendo que Rou se detuviera delante de su mesa– no puedo dejar que se marche sin conocer a mi querida amiga Rou Tornell.

Zayed se había puesto en pie y fue el gesto más elegante que había visto en su vida.

Como Sharif, era alto, muy alto, de anchos hombros y cintura estrecha; debía de sacar cabeza y media a Rou, y ella no era pequeña. Y mientras que Sharif era guapo, Zayed era alarmantemente guapo. Oscuros ojos dorados, cabello negro; mandíbula suave, no cuadrada, pero sí muy masculina y que compensaba la nariz grande y los pómulos altos. Eran unos pómulos, pensó después, por los que habría matado un modelo. En realidad era un auténtico modelo. Una parte de ella supo que no debería confiar en él, pero otra parte de ella sí quería hacerlo porque, al fin y al cabo, era hermano de Sharif.

–Es gracias a Rou por lo que estamos todos aquí –añadió Pippa–. Mi querida Rou me presentó a Henry hace un año.

El jeque entornó los ojos y la miró haciendo salir a la luz unas pequeñas arrugas. La primera señal de que no era un jovenzuelo, sino un hombre de treinta y dos o treinta y tres años.

–Qué casualidad –había dicho él con el tono más seco que había oído nunca.

Rou se puso rígida, pero Pippa estaba obnubilada, demasiado aturdida con su felicidad, y sonrió radiante al jeque.

–Rou, la doctora Tornell, tiene un auténtico don. Ésta es, ¿puede creerlo?, su centésima boda. Ha presentado a un centenar de parejas, parejas que han terminado en matrimonio –Pippa se había vuelto hacia ella–. Es así, ¿verdad? –y entonces el éxtasis de Pippa se apagó cuando su marido la llamó, lo que dejó a Rou sola con el jeque.

Entonces Zayed, para su sorpresa, la había invitado a sentarse a la mesa con él y así habían pasado juntos el resto de la velada. Habían hablado durante horas, después bailado y luego habían cruzado la calle para tomar una copa en el bar de un hotel.

Recordaba cada detalle de esa noche. El calor de su cuerpo mientras bailaban. Las seductoras paredes rojas del bar del hotel. La copa de licor de naranja que había sostenido en sus manos.

Zayed había sido extremadamente atento. La había escuchado, reído sus chistes y hablado con ella de su trabajo y algunas de sus recientes inversiones, incluyendo una nueva instalación turística en la costa de Sarq.

Aquellas horas que pasaron juntos fueron deliciosas. Llevaba siglos sin tener una cita, y mucho menos con un hombre como Zayed que la hacía sentirse guapa y fascinante. Había quedado prendada de él y había tenido la sensación de que él había quedado prendado de ella. Al final de la noche, la había metido en un taxi, la había besado en la mejilla y ella había estado segura, completamente segura, de que pronto la llamaría para una cita de verdad.

Pero Zayed no llamó. Y ella jamás habría llegado a saber lo que realmente había sentido por ella si Sharif no le hubiera mandado accidentalmente un correo electrónico que no iba dirigido a ella. Era la respuesta a uno enviado por Zayed, pero se lo había mandado a ella.

Sharif se había dado cuenta del error antes que ella y había llamado para disculparse y rogarle que borrara el ofensivo mensaje sin leerlo. Pero ella, siempre curiosa, lo había leído.

Pasar la velada con ella fue como una noche en un museo de ciencias naturales: aburrida, aburrida, aburrida, aunque sigues adelante convenciéndote de que estás haciendo algo bueno. Por desgracia, podría decir que yo le gusté, pero obviamente la atracción no era mutua. Tuvo la misma calidez y encanto que un maniquí de unos grandes almacenes.

–¿Sigues haciendo de casamentera? –preguntó Zayed dejándose caer en una silla al otro lado de la mesa.

Un «maniquí de unos grandes almacenes», repitió Rou en silencio sintiendo que le ardían las mejillas al recordarlo. «Aburrida, aburrida, aburrida». Le temblaban las manos.

–Sí –dijo en tono plano.

Lo único que la salvaba era que Zayed no sabía que a ella le había llegado ese mensaje de Sharif. Sharif se lo había prometido.

–¿Qué puedo hacer por ti, jeque Fehr?

–Lo sabrías si hubieras atendido mis llamadas –dijo tranquilo–. Creo que te he dejado más de media docena de mensajes. Sin contar los correos electrónicos.

Lo miró largamente. Llevaba un exquisito traje hecho a medida y una camisa blanca, no llevaba corbata y el pelo estaba más corto que tres años antes.

–He estado de viaje –respondió escueta.

–Quizá necesites mejor tecnología.

–Bueno, ¿por qué estás aquí?

–Tengo treinta y seis años. Me gustaría tener una esposa.

Rou lo miró esperando la gracia. Porque estaba convencida de que era un chiste. Zayed, celebrado soltero, el más rico y famoso playboy de Montecarlo, ¿quería una esposa? No pudo reprimir la risa. Él ni siquiera sonrió. Se limitó a mirarla sin parpadear.

–¿Qué puedo hacer realmente por ti, jeque?

–Podrías sacar tus papeles de trabajo, la pila esa de formularios y empezar a rellenarlos. El apellido es Fehr, F-e-h-r, Zayed el nombre. ¿Necesitas que te lo deletree también?

–No –dijo con los dientes apretados molesta con su tono.

Su voz era como la recordaba. Profunda y suave, casi como una caricia.

No sorprendía que cautivara a las mujeres. Que la hubiera cautivado a ella.

¡Qué estúpida había sido!

–¿Por qué una esposa, por qué ahora? Llevas años dejando claro que no pensabas casarte...

–Las cosas han cambiado –su voz se hizo más profunda–. No tengo otra opción. Ya no. No si tengo que ocupar el trono de Sarq. Es la ley de Sarq. Ningún hombre podrá heredar el trono antes de los veinticinco años y, cuando empiece a gobernar, habrá de estar casado. El rey debe tener una esposa.

–¿Te vas a casar para poder ser rey?

–Es la ley de Sarq.

Lo miró detenidamente. Sharif era el rey de Sarq. Ella lo sabía, todo el mundo lo sabía. Pero quizá había otro país, o alguna tribu del desierto necesitaba un rey. Sabía que le faltaba información, pero si Zayed no se la había dado voluntariamente, ella no pensaba preguntar. Cuanto menos supiera de él, mejor.

–Seguro que podrías encontrar una esposa aceptable si de verdad quisieras...

–Tengo prisa.

–Ya veo –dijo sarcástica.

Pero no era cierto, no veía nada, no entendía nada. ¿Quién se creía que era? ¿Por qué aparecía después de tres años exigiendo que lo ayudara?

–¿Lo harás? –presionó Zayed.

–No. Rotundamente no –disfrutó de su posición de poder–. El matrimonio no es cosa de prisa. Encontrar una pareja adecuada lleva tiempo y un cuidadoso estudio. Además, tú no eres adecuado...

–¿No soy qué?

–...como candidato –siguió ignorando su interrupción–, según mi experiencia. Eso no quiere decir que no pudiera encontrar alguna candidata dispuesta si hicieras algún trabajo preliminar.

–Yo no quiero una candidata dispuesta –sonrió, pero no era un gesto amigable–, doctora, ni una esposa aceptable. Si eso fuera lo que quisiera, le habría dejado a mi madre que la eligiera. No quiero sólo una esposa, quiero la esposa adecuada. Por eso estoy aquí. Tú eres la experta en relaciones. Tú puedes encontrarme a la mujer adecuada.

–No puedo –respondió despiadada–. Lo siento –no lo sentía.

No le encontraría una esposa. No le ayudaría. No condenaría a una mujer a una cadena perpetua con él.

Y de pronto pensó en su propia madre, una famosa modelo británica, una mujer a la que el mundo admiraba y envidiaba, y una mujer que no pudo hacer feliz a su padre.

Llamaron a la puerta y entró Jamie que hizo un gesto en su reloj. Rou miró su muñeca. Habían pasado quince minutos. La persona encargada de llevarla a la televisión estaría allí en un cuarto de hora y tenía que cambiarse y arreglarse el cabello. Se levantó y apoyó las puntas de los dedos en la mesa.

–Si me perdonas, tengo que prepararme para mi próxima cita.

–¿Esto es por Angela Moss?

–No sé... –se quedó petrificada.

–Era cliente tuya. Hace un año. ¿No la recuerdas? Delgada, pelirroja. Veintiséis años. Ex modelo convertida en diseñadora. ¿No te suena?

Por supuesto que recordaba a Angela. El jeque la había cortejado, conquistado y abandonado en unos meses y, debido a sus sentimientos hacia Zayed, había rechazado a Angela como cliente, pero después Angela había tratado de rehacer su vida, y ella había decidido ayudar a la pobre chica. Estaba más que desesperada e, incluso con su ayuda, había tardado meses en superar su desengaño.

Después de doce años de investigaciones, Rou había comprendido que el amor, enamorarse, era la droga más potente conocida. El amor era enloquecedor, delicioso, adictivo. Y cuando iba mal, destructivo.

–Sé que recurrió a ti –añadió Zayed sin entonación–. Yo le di tu nombre. Pensaba que podrías ayudarla.

–¿La mandaste a mí? –sacudió la cabeza, incrédula–. ¿Por qué?

–Estaba preocupado por ella –extendió las manos.

–Así que tienes conciencia.

–No la amaba, pero no quería hacerle daño.

–Entonces quizás deberías dejar de relacionarte con mujeres con cerebro y corazón.

–¿Qué estás sugiriendo? –alzó una ceja.

–Robots. Muñecas hinchables –sonrió–. No se sentirán heridas cuando las abandones.

–Estás enfadada –dijo sorprendido.

Rou se dio cuenta de que Jamie seguía en la puerta y le hizo un gesto para que les diera cinco minutos más. La asistente se marchó y Rou miró al jeque.

–No estoy enfadada. Sólo es que no te necesito.

–¿Necesitar?

–Deja que sea más clara –se inclinó hacia delante y lo miró intensamente–. No me gustas especialmente. Y dado que tengo bastante éxito y mucho trabajo, me puedo permitir seleccionar a mis clientes. Además, jamás trabajaría para ti.

–¿Por qué no?

–¿Por qué no qué?

–¿Por qué no trabajarías para mí?

–Ya te lo he dicho...

–No, sólo me has dado opiniones personales. Quiero una opinión profesional. Eres una científica, ¿no?

–Sé demasiado de ti. No podría abordar tu situación sin prejuicios.

–¿Porque no amaba a Angela?

–Porque tú no amas. No puedes amar –espetó antes de apretar los dientes arrepentida.

Se suponía que eso último no lo podía decir. Era algo que le había dicho Angela, era la razón que había alegado él para poner fin a su relación: su incapacidad para amar. Narcisismo clásico.

Su propio padre sólo se había amado a sí mismo. Los narcisistas no podían amar a nadie más.

–Lo siento –añadió ella–. Ha sido algo inapropiado. La confidencialidad médico paciente... Pero ya sabes por qué no puedo trabajar contigo. Después de atender a Angela y saber ciertas cosas sobre ti, creo que es demasiado conflicto de intereses.

–¿Intereses de quién?

–Tuyos.

–¿Todo esto está basado en las seis veces que salí con Angela?

«No», se dijo en silencio, «está basado en mi experiencia personal contigo». Pero no se lo dijo porque jamás permitiría que fuera consciente de que sabía su opinión sobre ella.

–No es muy complicado. Te estás haciendo el obtuso –su tono se endureció–. Dijiste a Angela que no te casarías nunca. Le dijiste que jamás te habías enamorado y que eras incapaz de amar y que, además, creías que no podrías ser fiel a ninguna mujer...

–He cambiado –la miró a los ojos.

–Eso no es posible.

–¿No? –la atravesó con la mirada–. Eres psicóloga, ¿no?

La cabeza de Jamie apareció por la puerta.

–Siento interrumpir, pero los de la tele han llegado, doctora Tornell. Esperan en el vestíbulo.

Rou asintió a Jamie, aunque no dejó de mirar a Zayed. Esperó a que la puerta se cerrara.

–Tengo que irme.

–El tiempo es de vital importancia para mí, reunámonos para cenar. Empezaremos esta noche. El perfil, la información básica, todo...

–No –se puso en pie más tensa de lo que había estado jamás–. Nunca.

–¿Nunca?

–No estaría bien. No podría representarte correctamente, y... –respiró hondo– no estoy segura de que quiera hacerlo.

–No te estoy pidiendo que encuentres el remedio contra el cáncer, te estoy pidiendo que me busques una esposa.

–Podrías pedirme lo del cáncer. Sería más fácil.

–Pensaba que eras una profesional –dijo entre risas.

–Lo soy.

–Entonces haz tu trabajo. Es en lo que se supone que eres buena, aparentemente en lo único en lo que eres buena.

–Ése ha sido un comentario miserable.

–¿Y tú no lo has sido? Me has juzgado y sentenciado antes de que nos reuniéramos hoy. De acuerdo. No necesito tu aprobación, necesito tu tiempo y tus conocimientos.

–Si hubieses investigado un poco, sabrías que no acepto a todo el mundo como cliente. Acepto menos del cinco por ciento de las solicitudes que recibo. Mi éxito se basa en que soy selectiva. Sólo trabajo con gente a la que creo que puedo ayudar.

–Y a mí no puedes. Tengo un país entero esperando mi regreso. Haz esto y te prometo que serás recompensada largamente.

–No es cuestión de dinero. Es cuestión de valores, de ética, y trabajar contigo va contra mi ética. Ninguna cantidad de dinero podría inducirme a comprometerme a...

–¿Ni siquiera cinco millones de libras?

–¿Cinco millones de libras? –repitió tras un largo silencio–. Eso es ridículo. Jamás he cobrado nada parecido y jamás aceptaría esa cantidad. La misma oferta refleja tu desesperación.

–Determinación –corrigió–. Y es una compensación suficiente para que abandones tus objeciones.

–¡No! No me importa el dinero –casi gritó, agotada su paciencia–. No hago lo que hago por dinero. Nunca ha sido así. Lo hago por... porque... –su voz se apagó, era algo demasiado personal para decírselo a un hombre como él.

–Entonces, piensa en dinero para tu centro de investigación, el que llevas años queriendo abrir el Oakland. Encuéntrame una esposa que pueda llevarme a Sarq como reina y lo tendrás. No se me ocurre un trato mejor. Yo consigo lo que quiero, tú consigues lo que quieres y todos contentos.

–Pero yo no sé si todos estaríamos contentos...

–Efectivamente el problema es que no sabes –dijo casi en tono amable poniéndose de pie–. No me conoces. Crees que sí, pero no. Quizá podrías investigar un poco antes de pasar directamente a las conclusiones. Es lo que he hecho yo contigo antes de venir.

–¿Y qué descubriste en esa investigación?

–Sé por qué eres tan rígida y reprimida. Sé por qué eres más máquina que mujer. No tiene nada que ver con el dinero y todo que ver con el divorcio de tus padres. Te rompió el corazón ¿no?

Rou se quedó sin palabras. Él lo sabía. Nadie lo sabía. Jamás se lo había contado a nadie. ¿Cómo podía saberlo?

Zayed se llevó los dedos a la cabeza y dijo:

–Tienes una firma de libros en Fireside a las siete. Te recogeré a las nueve allí. Buena suerte con tu entrevista –salió por la puerta.

Capítulo 2

PERO ella no estaba en la librería cuando llegó media hora antes de que la firma tuviera que haber terminado. Había acortado el acto, alegando enfermedad, y se había marchado.

Zayed se balanceó sobre los tacones en la puerta de la librería mientras procesaba la información. Hacía una noche fresca y el viento de finales de octubre arrastraba hojas doradas y rojas.

La dama de hielo había huido en lugar de reunirse con él.

Era un principio, y desde luego un cambio respecto a su atenta actitud en la boda de lady Pippa. Esa noche había estado pegada a él como el Velcro, pendiente de cada palabra que decía. Pero, bueno, las mujeres solían mostrarse ansiosas, demasiado ansiosas, por ser su siguiente amante.

Afortunadamente siempre había tratado bien a las mujeres, incluida Angela.

Después de que su relación hubiera terminado, él se aseguraba de que estuvieran bien. Económica y emocionalmente. Podía ser duro, pero no era un burro.

Sacó el teléfono del bolsillo sabiendo que a Rou ya no la encontraría en el Fairmont. Si había salido de la librería pronto, sospechó que sería para marcharse de la ciudad, y no a San Francisco, donde vivía, sino a Austria, donde tenía que asistir a otra de sus bodas de alto nivel en dos días. Lo que en realidad era perfecto. A él también lo habían invitado a la boda de Ralf y la princesa Georgina.

—Yo os declaro marido y mujer.

Los invitados rompieron a aplaudir mientras el novio levantaba el velo de Georgina e inclinaba la cabeza y la rodeaba con un brazo para besarla.

El beso terminó y los novios se volvieron para mirar a los asistentes. Rou se quedó sin aliento al ver la expresión en el rostro de Georgina. Era tan feliz, estaba tan enamorada, que brillaba más que todas las velas que llenaban la catedral de St Stephan.

La luz de los ojos de Georgina hizo que a Rou le doliera el corazón. Se le levantó el ánimo cuando sonó la música, llenando la inmensa catedral gótica mientras la pareja bajaba del altar.

Las bodas siempre la conmovían, pero ésa era excepcional. Georgina había sufrido tanto tres años antes cuando su prometido la había plantado en el altar, que había abjurado de los hombres, del amor y de ser madre y esposa.

Rou, amiga de Georgina desde la infancia, se negó a aceptar que su mejor amiga renunciase a la felicidad, y había trabajado discretamente entre bambalinas para buscarle el hombre adecuado. Y lo había encontrado. El barón Ralf van Kliesen, un conde austriaco por título, nacido y criado en Australia por su madre australiana. Ralf era perfecto para Georgina: fuerte, independiente, guapo, brillante, pero amable, muy amable y eso era lo que más necesitaba Georgina. Un hombre fuerte pero tierno que la amara. Para siempre.

El nudo que tenía en la garganta aumentó de tamaño y se extendió hacia el pecho.

Ser amada siempre. Amar siempre. ¡Aquello sí sería suerte!

De joven, Rou se había sentido amada y segura, pero cuando el matrimonio de sus padres había cambiado, todo cambió dramáticamente, tan bruscamente, que sus vidas jamás volvieron a ser lo mismo. Lo peor fue que, como sus padres eran famosos, su divorcio salió en todos los medios, sus peleas alimentaron los programas de chismorreo y la prensa publicó hasta sus llamadas de teléfono. Ambos pelearon por la custodia. Ambos dijeron que querían a Rou, que la necesitaban, pero ninguno la quería en realidad. Sólo querían que el otro no ganara.

El amor no tenía nada que ver con ganar. El amor era generoso y amable. Respetuoso. Un soporte. Y por eso ella hacía lo que hacía: emparejaba personas por valores, creencias, necesidades. No por las apariencias, aunque las apariencias contasen. La gente se enamoraba por una imagen, pero tenía que haber algo detrás de la imagen. Tenía que haber una conexión real, una comprensión auténtica.

Cuando salió de la catedral, Rou estaba más emocionada de lo que le habría gustado. La luna amarilla brillaba en el cielo y la ciudad olía a otoño. Se subió en la limusina que la esperaba y se cerró el cuello de terciopelo de la capa. La cálida sensación del tejido le rodeó el cuello. Era algo tan extravagante, forrado con seda negra y el cierre de plata con diamantes auténticos. Había sido la capa de su madre, comprada para acompañar a su padre a los estrenos. Rou recordó una fotografía de sus padres sobre la alfombra roja, su madre sonriendo con la capa sobre los hombros. La fotografía había desaparecido hacía tiempo, quemada, destruida por su madre junto el resto de la ropa que había llevado durante sus años de casada, pero la capa había sobrevivido. Se había quedado en Inglaterra cuando su madre había vuelto a casa, olvidada en un armario de su abuela hasta que Rou la encontró con dieciséis años, dos años después de la muerte de su madre.

La limusina llegó al palacio y, ya dentro, dejó en el ropero su querida capa. Se dirigió al salón de baile y dudó un momento ante las puertas, consciente de que estaba sola, consciente de que las cabezas no se volvían, pero agradecida por su anonimato. La belleza de sus padres había embrujado al mundo. Ella no deslumbraba a nadie, mucho mejor. Podía vivir tranquila y mantener el control. El control era una parte importante de su bienestar.

Entró en el salón iluminado por miles de velas y a la primera persona a la que vio fue a Zayed.

No podía ser, se dijo dando un paso atrás como si pudiera escapar entre las sombras, pero lo que consiguió fue chocar con una camarero y tirar una de las copas de champán que llevaba.

Se disculpó profusamente en alemán y miró de reojo a Zayed.

Era él. Tenía que ser él. Nadie más tenía ese aspecto, se movía así. Y parecía que iba hacia ella.

Rou se perdió entre la multitud y salió del salón de baile hacia el tocador de señoras.

¿Qué hacía él allí? De inmediato supo la respuesta. Había buscado su ayuda, ella lo había rechazado, así que había ido a buscarla allí.

Se escondió durante veinte minutos en el tocador hasta que oyó las trompetas que anunciaban la llegada de los recién casados. Seguramente Zayed ya se habría marchado.

Pero se equivocaba. Había dado sólo unos pasos en el pasillo de altísimos techos cuando apareció delante de ella bloqueando su acceso al salón.

–¿Cómo te fue en Vancouver? –preguntó como si fueran viejos amigos.

A Rou se le secó la boca y aceleró el pulso. No dijo nada.

–Me dijo el dueño de la librería que había habido menos público del esperado. ¿Te fuiste decepcionada?

–No –lo miró desafiante.

–¿Así que la falta de asistentes no fue por lo que te largaste de la ciudad?

Rou odiaba ruborizarse, pero no podía evitarlo. No sabía si se estaba ruborizando porque él supiera que su presentación no había sido precisamente estelar, o porque hubiera ido a buscarla a la librería mientras ella corría al aeropuerto para volar a Viena.

–No puedo creer que me hayas seguido desde Vancouver hasta Viena.

–Estaba invitado a la boda, y yo no utilizaría la palabra perseguir...

–No, tú dirías que eres persistente –sonrió amargamente.

–O decidido –casi sonrió–. Soy decidido y, cuando pongo la cabeza en algo, siempre lo consigo. Debes saber que estás haciendo esto mucho más difícil de lo que debería ser.

Llevaba un frac ceñido en la cintura. Estaba terriblemente guapo.

–La única dificultad que hay es tu incapacidad para aceptar un rechazo.

–Eso no es correcto, doctora. En Vancouver me hiciste creer que había alguna posibilidad de que trabajáramos juntos. Accediste a reunirte conmigo después de tu acto y allí estuve. Te esperé. Y al ver que no salías de la librería, entré a buscarte. Allí estaba el dueño. El cajero. Un par de lectores... Pero tú hacía tiempo que te habías ido.

Rou contempló a una pareja que desapareció en un rincón tomados del brazo, ansiosos por tocarse, por estar solos. Ella jamás había experimentado una necesidad física así.

Con un gran esfuerzo, dedicó de nuevo su atención a Zayed.

–Ya tengo otros compromisos con otros clientes que ya me habían contratado. No creo que fuera justo aceptar otro cliente en lugar de a ellos.

–Aun así te has reunido con una posible cliente esta mañana y creo que se ha marchado creyendo que la aceptarías...

Rou raramente se ruborizaba, pero de nuevo el calor le subió a las mejillas. Su pensamiento era completamente caótico. Por alguna razón no podía pensar cuando Zayed estaba cerca.

–¿Me has estado espiando?

–No espío, pero tengo guardaespaldas y asistentes personales. Mayordomos, chóferes y demás personal.

–Me hago una idea –dijo envarada–. Y siendo un hombre tan poderoso, no puedo dejar de preguntarme por qué me has elegido para buscar una reina.

–Porque tienes éxito. No he oído que ninguno de tus matrimonios haya acabado en divorcio.

Rou sintió que la recorría un escalofrío. La sola palabra «divorcio» le daba frío. Divorcio. Abogados, juzgados. Tribunales. Desagradables, odiosas alegaciones. Siete años les había llevado a sus padres todo el proceso. En ese tiempo, habían destruido todo, incluyendo a su propia hija.

Le había llevado toda la adolescencia recuperarse y la única causa de su recuperación había sido su amistad con Sharif Fehr. Él se había asegurado de que volviera a estudiar, de que tuviera los recursos económicos necesarios para graduarse. Con su apoyo, había podido mantener su promesa de trabajar para que ningún niño pasase por lo que ella.

–Es tarde y aún tengo jet-lag...

–¿Huyes otra vez? ¿Y tú eres la experta en enseñar a las mujeres a afrontar sus miedos y mirar a la realidad cara a cara?

–Sí. Pero también soy experta en decirles a las mujeres que confíen en su intuición y la mía dice que tú eres peligroso.

Él se echó a reír y eso la dejó sin palabras.

—Lo estoy diciendo completamente en serio.

—Estoy seguro de que sí, pero estás muy equivocada en este caso. Es una afirmación sin fundamento, lo que hace que no pueda evitar preguntarme si realmente eres una científica o si los títulos de Cambridge son de otra persona.

—Te aseguro que me he ganado cada uno de mis doctorados.

—Entonces, actúa como una científica, porque eso es lo que quiero. No me interesas como mujer.

—Eso está bien, porque como mujer, te desprecio.

Se alejó con las piernas temblorosas. Se sentía enferma. Expuesta. Cualquier otra noche se habría marchado de la fiesta, pero ésa era la noche de Georgina y no podía irse, aún no, no hasta que terminara la cena y empezara el baile.

Zayed la dejó irse, contemplando su elegante figura desaparecer tras la puerta del salón de baile.

Ha cambiado, pensó mientras se perdía entre la multitud.

Tres años antes, había sido una charlatana, nerviosa, tensa y desgarbada. Se había vuelto más refinada, ¿tal vez por el éxito?, pero parecía mucho más fría y dura. Interesante cómo cambiaba el éxito.

Su dureza no le disuadiría. La necesitaba. El tiempo corría y su entrometida madre estaba empezando a hacer de celestina. Y no quería una chica tradicional de Sarq. Se conocía y sabía que la destruiría en poco tiempo. Sería una mujer demasiado complaciente y odiaba eso. Odiaba a las mujeres débiles. Pero encontrar a una mujer independiente en su mundo era casi imposible. No era feo, ni mucho menos, y ése era el problema. Las mujeres veían su rostro y ya se veían juntos. Oían su nombre, sabía de su título, su poder, su riqueza y todas caían a sus pies.

Tampoco podía casarse con una mujer así. No confiaría en una mujer de esa clase. Y eso acabaría con su relación.

Él había quebrantado muchas normas, pero creía que el matrimonio era algo sagrado. Jamás se había acostado con una mujer casada. Y jamás engañaría a su esposa.

Así que necesitaba a la mujer adecuada. La perfecta esposa.

La frígida y rígida Rou Tornell podía carecer de calidez y personalidad, pero era la mejor en lo suyo. Y estaba decidido a que le encontrara una pareja.

La siguió. Acababa de sentarse a la mesa. Él tenía un lugar asignado y no era en la mesa de ella, pero acercó una silla y se sentó a su lado.

—Vete —dijo ella, furiosa.

—No puedo, doctora, necesito tu ayuda —dijo, encogiéndose de hombros y acercándose más a ella.

Ella miró a otro lado, aparentando estar fascinada por los invitados.

Había mucha gente famosa, reconoció Zayed, una asombrosa mezcla de miembros de la realeza, aristócratas, celebridades... todos vestidos como si tuvieran estilistas personales. Seguramente era así en muchos casos.

Rou era la única que parecía haberse vestido ella misma. La recorrió con la mirada. El vestido negro que llevaba le resultó familiar y se preguntó si sería el mismo de la boda de lady Pippa.

—¿Es el mismo vestido que llevaste hace tres años? —preguntó.

—Sí, ¿por qué? ¿No te gusta? —volvió a ruborizarse ligeramente.

–Seguramente podrías encontrar un color y un estilo que te favoreciera más.

–El negro siempre queda bien –lo miró desafiante.

–No, no es cierto, sobre todo cuando te hace parecer huraña. Estarías mejor de rosa.

–Para tu información este vestido es de un diseñador de nombre y lo compré en Barney's en Nueva York...

–Hace diez años, calculo por el corte de las mangas.

–Lárgate –dijo ella con mirada de furia.

–No puedo.

–¿No puedes o no quieres?

–Las dos cosas –se inclinó sobre ella hasta rozarle el hombro.

Estaba tan cerca, que ella podía ver los puntos de color bronce que había en el iris dorado de sus ojos.

–Ya te he dicho que jamás te ayudaré –respondió, consciente de que se le había disparado el pulso y que su cuerpo resultaba peligrosamente sensible.

–Eso es por lo que estás haciendo de mi petición algo personal, pero no lo es. Es mucho más importante que eso. Tiene que ver con mi país. Mi hermano. Mi pueblo. Tienes un país entero en tus manos –se acercó un poco más, con lo que su cabeza estaba a unos pocos centímetros de la de ella–. Lo único que quiero es la misma oportunidad que has dado al resto de tus clientes. Hazme la primera entrevista. Rellenemos los cuestionarios. Pondré mi vida a tu disposición. Estoy a tu disposición las semanas que dure el proceso completo.

Rou se había puesto rígida cuando se había acercado más. Respiró hondo para tranquilizarse, pero eso hacía que le llegara su fragancia, su calor.

Se sentía como si se estuviese ahogando en el mar. Y lo estaba haciendo. Estaba superada, sentía amenazada su seguridad. No podía permitirlo. No podía. Había sabido que era peligroso desde la primera vez que lo había visto en la boda de Pippa y aun así había bailado con él y después había ido al bar de hotel. Y entonces pensaba que él era maravilloso, pero ya sabía que no.

–Vete –se puso de pie tambaleándose–. Por favor, vete. Déjame en paz –temblaba de pies a cabeza.

Aquello era lo que había querido evitar. Por eso se había marchado de Vancouver. Zayed le daba miedo. Ponía en peligro su control. La hacía sentirse como una chica víctima del pánico en lugar de la científica que era, y no podía permitirlo. No era tan fuerte. Inteligente sí, brillante también, pero fuerte no. Sólo en la superficie.

Recorrió con la mirada el salón mientras planeaba su huida. Si evitaba la pista de baile, cruzaba por la zona de mesas de una esquina y pasaba por detrás de la escultura de hielo, alcanzaría las puertas que llevaban por un pasillo al guardarropa.

Zayed le puso una mano encima de la suya para evitar su fuga.

–Cálmate, doctora...

–¡No puedo! No me dejas.

–No trato de hacerte daño. Te necesito. Necesito...

No pudo oír el resto porque de repente alguien la abrazó.

–Rou, ¿dónde has estado? ¡Te he buscado por todas partes! –la voz de Georgina penetró en el cerebro lleno de pánico de Rou.

Agradecida, la abrazó también. Georgina. La boda, Viena. Todo iba a ir bien.

–Estás preciosa –susurró Rou, recorriendo a Georgina con la mirada–. Nunca he visto una novia más feliz.

–Todo gracias a ti –susurró Georgina–. Decías

que no había príncipes, pero has encontrado uno para mí.

Georgina dio un paso atrás y Ralf se inclinó para dar un beso a Rou.

—Siempre estaré en deuda con usted, doctora Tornell.

Después, la pareja se volvió a mirar a Zayed. Le saludaron efusivamente y le agradecieron su presencia.

—Es un placer —respondió Zayed—. Además, les transmito las felicitaciones de mi familia.

—Gracias —respondió Ralf—. ¿Qué se sabe de Sharif? Lo hemos oído antes en la televisión.

—¿Sí? —respondió Zayed—. No creía que se hiciera público hasta dentro de unos días.

—¿Es cierto que no hay ni rastro del avión? —insistió Ralf.

Zayed asintió.

—¿Y Jesslyn? —preguntó Georgina—. Está... Estaba...

—No, no estaba con él. Tampoco los niños —la expresión de Zayed se endureció—. Aunque se suponía que todos estaban juntos.

—No puedo creerlo —dijo Ralf más para sí mismo que para los demás—. Sharif es tan... tan... Sharif —Zayed inclinó la cabeza y Ralf le apoyó una mano en el hombro—. Rezaremos por él, por todos vosotros. No hay que perder la esperanza. Y si hay algo que podamos hacer, algún modo en que podamos ayudar, sólo tenéis que decirlo.

La pareja se alejó.

Rou permaneció un momento en silencio y después se volvió a Zayed con expresión de furia.

—¿Qué le ha sucedido a Sharif?

—Te lo he dicho...

—No.

—Ha desaparecido. Su avión desapareció hace diez días. Pero te he dicho...

–No, no me has dicho nada –se le quebró la voz–. Has hablado de trono, de reino, de Sarq, pero no me has dicho nada de Sharif. No has dicho que había desaparecido. Y deberías.

–¿Por qué?

–¿Por qué? –sus ojos se llenaron de lágrimas–. Porque es mi ídolo. Lo adoro y haría cualquier cosa por él.

Capítulo 3

HABÍA quedado en reunirse en el vestíbulo del hotel a las nueve de la mañana. Empezarían de cero. Al menos eso era lo que ella le había dicho, pero Rou pasó la noche sin dormir, dando vueltas en la cama, víctima de su enorme pena. Adoraba a Sharif. Temía a Zayed.

Había prometido ayudar a Zayed, pero sólo por su hermano.

Si ella no hubiera sido la receptora de la beca para Cambridge. Si Sharif no hubiera sido su mentor durante seis de los ocho años pasados en esa universidad. Si no hubiera admirado tanto a Sharif, quizá habría podido ignorar a Zayed, pero no podía.

Sharif había desaparecido. Y Sarq estaba sumida en el caos. Por supuesto que ayudaría a Zayed. ¿Cómo no? Pero limitaría el tiempo que le dedicaría y controlaría su proximidad. No había ninguna razón para no trabajar por teléfono o correo electrónico. Se reuniría con él esa mañana, harían todo el papeleo y el resto lo haría desde una distancia segura y saludable.

Los guardaespaldas de Zayed lo precedieron al salir del ascensor para reunirse con Rou. Recorrió con la mirada el vestíbulo del hotel y la encontró sentada al lado de una mesa baja. Llevaba un sobrio traje de chaqueta gris y el cabello recogido en un severo moño. Trabajaba en un ordenador con las piernas cruzadas.

Se dio cuenta, sorprendido, de que tenía unas piernas interminables.

Redujo el paso, admirando las largas piernas dobladas al lado del sillón dorado, los tacones bajos, la falda un poco alzada, las medias transparentes que dejaban adivinar la pálida piel. En ese momento, ella volvió la cabeza y lo vio. Zayed suspiró y ella volvió a ser la plana y estirada doctora Tornell. Para ser sinceros, Rou no era fea, pero tampoco era muy guapa. Ni siquiera la habría descrito como bonita. Las gafas de pasta oscura eran demasiado grandes para su pequeña nariz. La boca era fina. El mentón fuerte.

¡Pero tenía unas piernas de pecado!

Rou advirtió la curiosa expresión de Zayed.

–¿Va todo bien? –preguntó.

–No sé nada nuevo –respondió él– si te refieres a eso.

Ella asintió. Zayed abrió su maletín y sacó carpetas, cuestionarios y cuadernos.

Le entregó uno de los cuestionarios.

–Ya he rellenado el perfil de cliente, incluyendo datos familiares e historial médico.

–Esos son mis formularios –dijo ella, sorprendida.

–Ya te he dicho que había investigado.

–Pero ¿de dónde has sacado eso?

–No ha sido tu asistente, he hecho algo de trabajo de búsqueda.

–No protejas a Jamie...

–Ha sido Pippa, por si quieres saberlo. La llamé y estuvo encantada de mandarme las copias de sus formularios. Mi secretario las pasó a limpio –siguió con otro tema–. Éste es el test de personalidad Myers-Briggs que utilizas tú. Lo he respondido también. Podría haberte dicho cómo soy, ya me han hecho antes el test, pero supuse que querrías tener las pruebas.

–Me has dejado muy poco que hacer –protestó aunque medio en broma.

–En absoluto. Ahora viene la parte importante. Tienes que encontrarla. Para eso es todo esto, ¿no? Para seleccionar al cónyuge.

«Seleccionar al cónyuge», pensó Rou en silencio. Ésas eran palabras suyas, pero sonaban tan secas, tan de negocios. Lo miró a los ojos.

Rou no estaba contenta con el modo en que empezó a latirle el pulso. Había pasado mucho tiempo desde la última vez que había sentido ese tonto mareo, esa horrible falta de aire. Desde la boda de Pippa, cuando se había permitido dejarse cautivar por Zayed. Sólo que él no había resultado cautivado. La había encontrado aburrida y ridícula.

«No puedes permitir que te lo vuelva a hacer», se amonestó. «No te sientes atraída por él y no es la emoción la que te hace sentir así. Son las hormonas, la química, la dopamina y la adrenalina. Ni siquiera te gusta. Estás resentida con él. Lo desprecias».

De pronto, notó una mano de Zayed en el codo.

–¿Te vas a desmayar? –preguntó él.

–No –se soltó–. Estoy perfectamente.

–Estás muy pálida.

–Soy así de nacimiento –respondió airada–. ¿Podemos centrarnos en el trabajo? Necesitas una esposa si no recuerdo mal, y me has pedido que te la encuentre.

Volvieron a concentrarse en los papeles, en el perfil de él. Durante un buen rato, ella preguntó y él respondió. Llevaban más de una hora cuando sonó el móvil de Zayed. Había ignorado anteriores llamadas, pero al ver el número respondió.

Dijo unas pocas palabras y nada más. Escuchó. Rou lo miró sentada.

Se le demudó el rostro. Su expresión cambió y se le ensombrecieron los ojos.

–Han encontrado el avión –dijo despacio, guardando el móvil–. O lo que creen que es el avión. El fuego hace imposible identificar el aparato, pero han encontrado las cajas negras. Se sabrá más.

Ella se limitó a mirarlo incapaz de hablar.

–Tengo que volver a Sarq. Me necesitan. Vendrás conmigo. Podemos terminar en ruta.

Rou asintió cuando debería haber protestado. Hora y media después, estaban en el avión privado de Zayed. A Rou le pasó por la cabeza mientras surcaban el cielo que volar no era seguro. Estar a solas con Zayed no era seguro. Y acompañarlo a su reino definitivamente era lo más peligroso.

Pero la vida no era segura.

Y entonces en su mente aparecieron las palabras de Sharif: *Tus pensamientos serán tu futuro.*

Sí. Tenía razón, por supuesto. Como siempre. Si tenía pensamientos felices, sería más feliz. Si pensaba que el mundo era bueno, vería el mundo mejor.

Apartó la mirada de la ventanilla y descubrió a Zayed mirándola con sus perfectas facciones, pero con aire sombrío. Torturado.

–¿De verdad no te has enamorado nunca? –preguntó sin rodeos, sorprendiéndose a sí misma.

–No –dijo después de un largo silencio–, pero eso no significa que no tenga sentimientos. Tengo los más profundos lazos con mi familia, particularmente con mi hermano mayor.

Recordó los datos de su perfil. Padre: muerto. Madre: aún viva. Hermano mayor: cuarenta años, padre de cuatro hijos. Hermano menor: treinta y tres, casado, esposa embarazada. Hermanas menores: muertas.

Muchas cosas de su familia eran un misterio, pero sabía algo de sus hermanas. Por eso había instituido Sharif la beca para Cambridge, en memoria de ellas.

–Tus hermanas –dijo–, ¿estabas muy unido a ellas?
–Mucho.

–Murieron juntas, ¿no? –preguntó al ver que no añadía nada.

–Un accidente de coche en Grecia. Eran jóvenes, veintipocos.

–Sus muertes debieron de ser un golpe para la familia –insistió.

–¿Eso es muy revelante?

–Es parte de ti, parte de tu familia...

–No busco un emparejamiento por amor. Busco una esposa. No tiene que comprender cada uno de mis oscuros secretos. Jamás será mi alma gemela.

–¿No quieres un alma gemela? –lo miró a los ojos.

–No. Sólo quiero una relación práctica. Que funcione.

–Ninguna mujer encontrará aceptable tu idea del matrimonio –dijo tranquila.

–Seguro que por ahí hay mujeres prácticas.

Apuntó en el margen del cuestionario: *la muerte de sus hermanas fue un duro golpe para él. Teme amar porque teme perder.*

–¿Has querido alguna vez ser rey? –dijo, preguntándose cómo sería perder tres hermanos.

Ella era hija única y no era capaz de imaginar lo que sería tener un hermano o una hermana, aunque había deseado desesperadamente tenerlo.

–No, no ha sido parte de mis planes nunca –dudó–. Pero las cosas cambian, y la situación ahora es la que es. No puedo decepcionar a mi hermano. Tengo que estar ahí para que cuando vuelva... –no terminó la frase.

–¿Crees que lo encontrarán con vida?

–Sí.

Rou sintió una oleada de compasión por él. Tenía que ser consciente de que, después de diez días, Sharif podía no aparecer o, si lo hacía, no aparecer vivo.

–¿Qué pasa si no es así?

–Sharif no está muerto.

Asintió pensando en que al menos tenían algo en común: ambos rechazaban creer que Sharif estaba muerto. Sintió un escalofrío y cambió de tema.

–¿Quieres que trabajemos o necesitas algo más de tiempo?

–No, vamos a trabajar. Necesito trabajar.

Rou volvió a asentir y sacó su maletín. Una azafata se acercó, desplegó una mesa entre ambos y les preguntó si querían comer. Zayed la miró.

–Tenemos cocina y cocinero a bordo.

–Sólo quiero un té –respondió ella–. No puedo comer nada ahora.

–A mí me pasa lo mismo –dijo él–. Un té y un café –dijo a la auxiliar, que se marchó inmediatamente.

Rou sacó los papeles que necesitaba y con un bolígrafo en la mano miró a Zayed. Era guapo y de complexión fuerte. Y ella no era inmune a su encanto. Nunca lo había sido, lo que era una completa locura. Ella conocía sus flaquezas y sus fuerzas y, aunque era inteligente, estaba lejos de ser guapa. Quizá si hubiera sido bendecida con más curvas, habría tenido más confianza en sí misma desde el punto de vista sexual, pero había heredado la delgadez de su madre.

Los hombres como Zayed no se fijaban en ella. Ellos querían bellezas voluptuosas de cabellos brillantes, labios carnosos y ojos seductores.

Pero también tenía un lado bueno que Zayed no la mirara como mujer. No habría sabido reaccionar a sus atenciones. Ya la ponía nerviosa y le costaba controlarse sin que le prestara atención.

–Vamos con la parte en la que describes cuál es tu mujer ideal –dijo fría y contenta del tono firme de su voz–. ¿Puedes darme cinco adjetivos que la describirían an?

Zayed meditó un momento.

–Inteligente. Competente. Con éxito –pensó otro instante–. Leal. Que se pueda confiar en ella. Y preferiblemente guapa –dudó–. Eso son seis, ¿no?

–Está bien, seis vale –había hablado de belleza–. ¿Una modelo, quizá?

–No, una modelo no. Tampoco una actriz. Nada de eso.

–¿De verdad? –alzó la cabeza sorprendida.

–La inteligencia es más importante. Admiro a las mujeres competentes, exitosas. Pero tiene que ser dulce. Compasiva. Quizá maestra o enfermera.

–Como la esposa de Sharif, maestra.

–La mujer de Sharif además es muy dulce. Siempre está pensando en los demás. Me gusta eso, lo respeto.

–De acuerdo –escribió algo en el formulario, pensando que la llevaba en una dirección muy distinta de la que hubiera ido ella–. ¿Qué piensas del sentido del humor? ¿Sentido de la aventura? ¿Su capacidad para hacer de anfitriona? ¿Habilidad para hablar en público? ¿Esperas de ella que esté a la última en temas de moda, o que sea artista?

–Eso depende de la mujer. Ah, tiene que ser fuerte.

–¿Fuerte?

–Mental... emocionalmente. No quiero una mujer sumisa. Tiene que ser capaz de hacerme frente a mí y a mi familia. Puede ser una familia intimidante y, aunque Sarq es más moderno que muchos de los países vecinos, no deja de ser un reino de Oriente Medio bastante distinto de los países occidentales.

Estaba describiendo a una mujer que ella jamás habría elegido para él. Habría pensado en una belleza tonta que quedara bien en público, pero la belleza había salido en sexto lugar. Lo primero era la inteligencia. Eso la hizo darse cuenta de lo que poco que conocía a Zayed.

La auxiliar volvió con el café, el té y un plato de galletas, queso y fruta.

Rou eligió una uva negra y después una loncha de queso y se dio cuenta de que no había comido nada desde la noche anterior. Un poco de comida le iría bien.

Alzó la vista y vio a Zayed mirándola detenidamente. Se limpió los labios con la servilleta.

—¿Hay algún problema? ¿Tengo algo en la cara?

—No. Me gusta verte comer. Estás tan delgada...

—Mi madre era muy delgada —interrumpió—. Desgraciadamente he heredado su rápido metabolismo en lugar de sus asombrosos pómulos —sonrió por la broma, pero él no.

—Sospecho que no comes lo suficiente.

—Sharif solía decir lo mismo. Tengo un estómago muy sensible. Cuando estoy nerviosa o ansiosa, no puedo comer nada. Un té es casi lo único que tolero.

—¿Conocías bien a mi hermano?

—Creía que sabías que gané la beca Fehr. Eso me permitió pagarme mis estudios.

—¿Por eso eres tan devota de Sharif?

—No —se ruborizó—. Sharif se convirtió en un amigo al mismo tiempo que mentor durante mis años de Cambridge. Hasta los últimos cursos no supe que me ayudaba por sus hermanas.

—¿Cómo te ayudó? —insistió Zayed.

—Me brindó consejo y sabiduría. Me escuchaba. Me presentó gente cuando pudo —miró a Zayed, vio el escepticismo en sus ojos y se encogió de hombros—. Sé que suena raro. Tu hermano es un hombre poderoso, muy rico, pero también es compasivo, y creo que, a su modo, me necesitaba tanto como yo a él.

—Sharif no necesita a nadie. Es la roca de la familia. Invencible.

—¿Es eso lo que piensas?

—Desde que nació se le ha preparado para mandar.

Desde el principio, supo lo que se esperaba de él y lo aceptó sin protestar.

–Pero eso no significa que no haya sentido las pérdidas, el dolor. La preocupación, la duda.

–No estás describiendo a mi hermano...

–Y tú no quieres verlo como a un hombre, vulnerable.

–Sharif es invulnerable. Siempre lo ha sido y lo vamos a encontrar. Volverá a Sarq y volverá a gobernar el país.

–Si de verdad crees eso, ¿por qué tantos problemas para encontrar una esposa adecuada y casarte? ¿Por qué no esperar su vuelta?

–No puedo –su tono era cortante, su frustración evidente–. La ley de Sarq requiera que haya un rey, por eso debo ocupar el trono, pero no puedo si no me caso.

–Tengo que ser sincera. Si buscas una mujer que se case contigo para que puedas ocupar el trono, eso es una cosa. Si buscas una mujer que sea la compañera de tu vida, es algo distinto.

–Tiene que ser la misma mujer. Necesito una esposa y quiero que mi matrimonio funcione. Seguro que tú tienes a alguien en tus archivos que esté dispuesta tener un noviazgo corto. Alguien que no se oponga a ¿cómo se dice, un matrimonio arreglado? Alguien que se beneficie de mi posición y riqueza. Alguien que contribuiría a que nuestras vidas aquí...

La respuesta era no. Ninguna de las mujeres a las que conocía y representaba querría pasar por aquello: casarse en unos días y pasar allí los siguientes veintitantos años.

–Perdona que te lo diga, pero Sarq está en medio de ningún sitio.

–Sí.

–Aislado.

–¿Y...?

¿Pretendes vivir aquí de un modo permanente? ¿O pasarás parte del año en Montecarlo? Sé que tienes una casa allí.

–Como rey, tendré que vivir donde vive mi pueblo.

–¿Y tu esposa?

–Vivirá conmigo, por supuesto.

Se pasó una mano por los ojos agotada. Aquello era imposible. Tenía que ser consciente de ello, ¿no? Las mujeres como la que quería no salían corriendo para vivir en medio del desierto y casarse con un jeque.

–Sé que no quieres oír esto, pero estás describiendo un matrimonio arreglado, y si lo que quieres es un matrimonio así, sería mejor que buscaras una mujer de tu propia cultura...

–No.

–... que aceptara un matrimonio de esas características –siguió como si él no hubiera dicho nada–. Las mujeres occidentales no lo harán.

–¿Por qué no?

–Conoces la respuesta. Has salido con occidentales durante años. Las mujeres occidentales no se casan porque deban hacerlo, se casan por que se sienten amadas y deseadas.

–Pero yo apreciaré y respetaré a mi esposa.

–A una mujer le lleva tiempo saber eso, necesita ejemplos, pruebas. Por eso el noviazgo. Durante ese tiempo, sabrán cómo las tratarán... lo que pueden esperar. Y no tienes tiempo.

–Será después de la ceremonia. Sólo tienes que hacerle saber que será así.

–¿Después de la ceremonia? –lo miró severa–. Y ahora una última pregunta. Tiene sentido, dado que somos de culturas diferentes. Necesito saber cómo está el tema de los derechos políticos y sociales de las mujeres. ¿Se las considera iguales en Sarq? ¿Hay leyes que las protegen? ¿Qué derechos tienen?

–Las mujeres no tienen los mismos derechos que los hombres... todavía. Pero es algo en lo que Sharif ha trabajado para cambiarlo. Y para mí también será una prioridad.

–Pero ¿qué pasa si una mujer, tu mujer, quebranta las leyes? ¿Qué le pasará?

–Yo la protegeré.

–¿Puedes? ¿De verdad podrías?

–¿Pones en duda mi palabra?

–No, no dudo de tu palabra. Sólo quiero lo mejor para tu futura esposa...

–¿Y piensas que yo no? –interrumpió de un modo casi violento.

–No –tartamudeó, nunca lo había visto así, nunca había oído esa ira en su voz.

–Bien. Considera el asunto cerrado –se levantó y desapareció por el fondo del avión.

Al fondo del avión había un pequeño dormitorio. Zayed se sentó en el borde de la cama y se cubrió el rostro con las manos. Había perdido los nervios. Aborrecía perder el control, pero sus preguntas... esas preguntas... Ella no lo entendía. Jamás lo entendería. Nadie lo entendería.

Él no era como el resto de su familia. Él era diferente, estaba maldito. Sin embargo, sus hermanos y él habían sido criados igual. Príncipes árabes, amados hijos del desierto, niños afortunados.

Y aunque Zayed era el de en medio de los varones y el segundo de los cinco, había sido el favorito de su padre y él lo sabía. Jamás se había preguntado por qué era el favorito, simplemente había aceptado que estaba destinado para las grandes cosas. Al principio, era evidente que el destino lo había favorecido. Pero se había equivocado.

No había sido una vida de bendición. Había sido una maldición. Él estaba maldito.

Así que se había alejado del desierto y de su familia, de las personas que podían sufrir por su maldición y se había entregado a los placeres del mundo, sólo que no había placer donde había una maldición.

¿Protegería a su esposa? Lo intentaría con toda su alma, pero ¿sería suficiente?

Si él no la amaba y ella a él tampoco, ¿escaparía su matrimonio de la maldición?

No lo sabía, pero podía mantener la esperanza.

Capítulo 4

ROU contempló la puerta cerrada del fondo del avión con el corazón en un puño. No sabía qué había dicho para haber molestado a Zayed, pero era evidente que le había ofendido. Quería disculparse, intentar arreglar las cosas. Tenían mucho que hacer y la tensión no ayudaría.

La auxiliar fue a llevarle más té y un cuarto de hora después a llevarse los platos y la mesa.

–Aterrizaremos en quince minutos –dijo sonriendo–. ¿Necesita algo más?

Rou negó con la cabeza y le dio las gracias. Zayed volvió y se sentó frente a ella con expresión inescrutable.

–Lo siento –dijo ella.

–No has hecho nada mal –respondió él sin emoción.

–Suelo ser demasiado directa.

–Prefiero la sinceridad.

–Y hago muchas preguntas.

–Es tu trabajo.

Rou respiró hondo. Definitivamente, no se sentía mucho mejor.

Zayed miró por la ventanilla y ella hizo lo mismo. No hablaron hasta que estuvieron en tierra.

Aterrizaron en un aeropuerto militar con grandes medidas de seguridad.

Rou se quedó sin aliento al salir al sol del final de la tarde. El calor que subía del asfalto de la pista era abrasador.

–Hace calor –murmuró cuando Zayed se volvió a mirarla.

–Hace bastante menos que unas semanas atrás –le tendió una mano.

Rou miró la mano y después su rostro. Seguía distante, reservado. Reacia, aceptó la mano y casi dio un salto al notar la caliente sensación que le recorrió el cuerpo. Tuvo que concentrarse para bajar las escaleras sin caerse.

–Deja eso –dijo Zayed, señalando el maletín que Rou llevaba en una mano–. Alguien lo llevará.

–Es el ordenador y unas carpetas. Lo necesito.

–Seguridad tiene que revisar todo el equipaje antes de que entre en el palacio.

–Ah, de acuerdo –le tendió el maletín–. Pero lo recuperaré pronto, ¿no?

–Lo antes posible –prometió antes de entregarle el maletín a uno de los guardias que había al pie de la escalera.

El viaje hasta el palacio en un coche blindado fue en silencio. No un silencio cómodo.

De pronto Zayed se volvió a mirarla y ella sintió como si se le cerrara el estómago.

–Eso es Isi –dijo, señalando con la cabeza el paisaje tras la ventanilla–. La capital de Sarq.

Agradecida por la distracción, se volvió a mirar. Había edificios nuevos y líneas de palmeras en las calles. Le sorprendió el número de mujeres con ropas occidentales.

La caravana de coches blindados se detuvo delante de unas enormes puertas de hierro y madera que se abrieron lentamente. Las atravesaron y entraron en un perímetro amurallado. Rou entrevio un edificio rosa con cúpulas y arcos.

–El palacio –dijo Zayed.

Ella lo miró y en su rostro vio una mezcla de orgullo y dolor, se volvió a mirar el edificio.

La entrada de pronto se llenó del personal de servicio vestidos con túnicas blancas.

Una bienvenida principesca.

Un guardia abrió la puerta del coche y Zayed salió; después se volvió hacia ella y la ayudó a salir del coche. La esperó a que se recolocara la falda antes de caminar hacia el palacio.

Entraron en medio del silencioso personal, que hacía reverencias a su paso.

El interior era fresco y silencioso. Las paredes estaban pintadas de blanco y los techos decorados con mosaicos dorados y azules. Pasillos de columnas salían en todas direcciones y hermosas esculturas ocupaban los huecos de las columnas. Rou jamás había visto nada tan hermoso y exótico.

–Es asombroso –dijo sin aliento–. ¿Aquí creciste?

Sus labios se curvaron. Su primera sonrisa desde la llamada de teléfono de Viena. Esa sonrisa le dio un atisbo del niño que había sido.

–Ésta es mi casa –admitió.

–Eres un príncipe, ¿no?

–No lo habrías sabido por la forma en que me he comportado –su sonrisa se desvaneció–. ¿Es eso lo que quieres decir?

–¡No! En absoluto –le apoyó impulsiva una mano en la manga preocupada por que la hubiera malinterpretado, pero cuando Zayed miró la mano, se dio cuenta de que era un exceso de confianza. Avergonzada e incómoda, la retiró–. Debería ponerme a trabajar. Sólo tienes que decirme dónde hay una mesa y esperaré a que me devuelvan el ordenador.

Zayed se volvió hacia alguien del personal, le dijo algo en un idioma que no entendió y después se dirigió a ella.

–Te han preparado una de las suites de la familia –al ver la expresión de ella, añadió–. No te preocupes, hace mucho que no se utiliza y tiene mucha luz y mucho espacio para que puedas trabajar; además de acceso a un pequeño jardín privado por si necesitas aire fresco.

–Si viene conmigo, señora –dijo el miembro del servicio con una reverencia.

La suite se componía de varias estancias. El sol del final de la tarde se colaba por los cristales de las ventanas con forma de arco llenando la habitación con una luz que convertía los cojines de seda en brillantes gemas. Un fragante ramo de rosas dominaba una mesa baja en el centro de la habitación.

Una joven con túnica apareció en uno de los arcos.

–Bienvenida –dijo con una inclinación–. Soy Manar, y estoy aquí para hacerle cómoda su estancia. Estaré a su servicio el tiempo que esté aquí.

–Gracias, Manar. Muy amable, pero no necesito nada, sólo mi ordenador.

–Está aquí –señaló un pequeño escritorio en una esquina de la habitación.

–Maravilloso –se subió las mangas de la chaqueta de lana y se acercó al escritorio–. Creo que me pondré a trabajar de inmediato.

–¿No quiere bañarse o cambiarse de ropa? –la miró sentarse en el escritorio.

–¿Humm? –preguntó de pronto consciente de que Manar esperaba una respuesta.

–¿No quiere ponerse algo más cómodo para trabajar?

–No, estoy bien, pero gracias –se volvió hacia el ordenador y se concentró en el trabajo.

Se dispuso a introducir los datos de la conversación en el avión, pero los dedos no la obedecían.

Le parecía mal lo que estaba haciendo. La parecía mal ayudar a Zayed a conseguir una esposa así. Su instinto le decía que él necesitaba un matrimonio por amor, no uno arreglado. Si tuviera tiempo... «Limítate a rellenar el resto del perfil», se dijo. «Haz el trabajo para el que te han contratado». Pero seguía sin poder teclear. Sus dedos no respondían, la cabeza tampoco.

Cuando cerró los ojos frustrada, lo único que vio fue a Zayed, más su torturada expresión que su bello rostro. Había algo que le preocupaba, que lo devoraba. ¿Qué?

Su obsesión por Zayed estaba empezando a preocuparla. Estaba allí para trabajar. ¿Por qué actuaba con tan poco criterio? Jamás dejaba que la guiaran las emociones. Las emociones eran enemigas de la ciencia. Tenía que concentrarse en la ciencia. Recordar qué era lo importante: teoría, estudio, demostraciones...

Y aun así, aun así... había sentimientos dentro que no podían ahogarse. Sentimientos que eran perturbadoramente intensos y reales y que la asaltaban con un dolor casi físico. Y eran por él. Por Zayed Fehr.

Respiró hondo y, apoyando los codos en la mesa, se cubrió el rostro con las manos.

Aún sentía algo por él. Por eso respondía de ese modo. Por eso quería gustarle.

Se quedó sentada un momento con el rostro oculto y un nudo en el estómago.

Y entonces el instinto de supervivencia la golpeó. Sabía lo que tenía que hacer. Tenía que emparejarlo y casarlo y salir de allí. Pronto. Porque Zayed era peligroso. Si no tenía cuidado, él sería demasiado cálido, demasiado suave y derribaría la muralla con la que ella había rodeado su corazón.

Estaba atardeciendo cuando terminó de meter los datos en el ordenador. Le había llevado más de lo normal completar el perfil, pero lo había terminado y el programa se encargaría de buscarle candidatas adecuadas. Esperó y la máquina le dio treinta. No estaba mal. Estaba leyendo los archivos cuando volvió Manar.

–A su Alteza le gustaría verla. ¿Puede recibirlo ahora?

–Sí, claro –respondió Rou levantándose.

Zayed llegó de inmediato y se quedó de pie.

–Tengo tus primeras candidatas –dijo nerviosa–. Puedo imprimirte los perfiles y así puedes estudiarlo cuando tengas tiempo, o podemos mirarlos ahora...

–Es su avión –dijo con voz áspera–. Parece que no hay supervivientes.

–¡No! –dijo Rou dejándose caer en la silla.

–Los cuerpos están carbonizados, casi irreconocibles... –por primera vez estaba realmente hundido–. Hay que hacer pruebas. Nos han pedido registros dentales.

–Su mujer... –dijo Rou en un susurro, aterrorizada.

–Está fuera de sí.

Rou se mordió el labio inferior haciendo un gran esfuerzo para contener las lágrimas.

–Lo siento mucho –dijo él con voz ronca.

¿Lo sentía? Los ojos de Rou se llenaron de lágrimas.

–Lo siento –dijo ella–. Lo siento por todos vosotros...

–Tengo que hacerme cargo.

–Sí, por supuesto.

–Me haré cargo –dio un paso hacia ella y cuando salió a la luz se dio cuenta de que llevaba una túnica blanca. Era la primera vez que lo veía con esa ropa–. Pero no hay mucho tiempo. La coronación será en cuarenta y ocho horas.

–¿Tan pronto?

–¿Puedes encontrar una reina en cuarenta y ocho horas?

Le sostuvo la mirada. No era momento para celebraciones, era una tragedia. El país entero estaría de luto. La familia de Sharif estaría de luto.

–Quizá podríamos encontrar alguna candidata...

–No, nada de candidatas. Una novia. Ya te lo he dicho, tengo que estar casado. Tiene que haber una ceremonia real.

–¿Cómo puede esperar alguien que te cases y te conviertas en rey a los dos días de saber que tu hermano está muerto?

–Los reyes no son como las demás personas. Se tienen que sacrificar por el bien de su país –se inclinó sobre un jarrón en el que había un ramo de rosas y sacó una que se llevó a la nariz–. Estas rosas se plantaron tras la muerte de mis hermanas. Sharif creo el jardín en su memoria para mis padres y, cuando llegaron los doce rosales, cavó los doce agujeros y los plantó personalmente –alzó la cabeza y miró a Rou–. Debo honrar a mi hermano. Debo servir a mi país. Tengo que hacer una transición suave. Es lo menos que puedo hacer –con la rosa aún en la mano, se dio la vuelta para marcharse, pero antes de llegar a la puerta, dijo–. Haré que te traigan una impresora y si no te importa imprimirme los perfiles, los miraré y los comentaremos después.

–¿No quieres verlos ahora?

–Tengo que hablar con Khalid. Hay una reunión del gabinete de crisis. La prensa... –se interrumpió. Los ojos le brillaban de dolor–. Luego los miro y hablamos.

–Por supuesto, cuando quieras.

Zayed asintió y ya casi en la puerta dijo:

–Pensaba que habría sobrevivido. Estaba seguro, estaba seguro...

–Quizá lo hizo –tragó para deshacer el nudo que tenía en la garganta.

–Estás tan mal como yo –la miró cortante.

–Hasta que no te den pruebas...

–Ya me he agarrado a las esperanzas antes. No lo haré ahora. La decepción es demasiado dura. Nos vemos luego para cenar y hablamos. Lleva los perfiles.

–De acuerdo.

Se marchó. Le ardían los ojos y tenía un nudo en la garganta. Se quedó sentada con la mente perdida. No sabía cuánto tiempo llevaba sentada cuando apareció Manar.

–Su impresora está aquí –dijo con su suave voz.

Además de la impresora, llegó una copiadora, otra mesa y papel. Rou permaneció de pie a un lado mientras el eficiente equipo montaba una oficina delante de sus ojos.

Se marcharon y se sentó delante del ordenador para imprimir los primeros diez perfiles; después imprimió los diez siguientes por si acaso.

Trabajaba sin pensar, sin sentir, sólo para estar ocupada. Mientras ordenaba los perfiles según salían de la impresora, pensó en un antiguo cliente, un cliente difícil. Era una americano millonario que creía que la primera impresión lo era todo. Aborreció las fotos de las primeras sesenta fichas que le había presentado, pero se quedó enamorado de la sesenta y una. Terminó casándose con ella y seguían enamorados y con tres hijos.

Con todo el trabajo hecho, le quedaban varias horas por delante. Se echó una siesta y después se dio un largo baño, se lavó el pelo y se volvió a poner el traje gris. No tenía muchas opciones, sólo llevaba la pequeña maleta con que había ido a Viena. Zayed no se daría cuenta, para él era como un objeto, como la impresora que le había llevado.

No se puso maquillaje, jamás se lo ponía. Y raramente llevaba joyas.

Manar apareció a las nueve, hizo una reverencia y le pidió que la acompañara. Rou agarró el maletín de cuero y la siguió hacia otra ala del palacio.

La condujeron a un pequeño comedor suavemente iluminado por las velas que había en una mesa baja y una enorme araña que colgaba del techo. Grandes cojines de plumas estaban esparcidos por el suelo alrededor de la mesa y las paredes estaban cubiertas de paneles de madera tallada. El techo tenía forma de bóveda y estaba decorado en oro y azul.

Manar hizo una inclinación y se marchó y Rou paseó por la habitación contemplando las tallas.

Había casi terminado de mirarlas cuando llegó Zayed. Se le aceleró el pulso y se sintió tímida.

–No te he oído llegar.

–¿Llevas mucho esperando?

–No, sólo unos minutos. Estaba admirando los relieves.

–A mí también me gustan. Son una de mis antigüedades favoritas del palacio. Son marroquíes, del siglo XVI. Se usaban en el harem como división de las habitaciones.

–No me sorprende que sean tan bonitos –dijo para disimular sus nervios–. Las mujeres hermosas tienen que estar rodeadas de cosas hermosas.

Zayed se sentó en los almohadones e hizo una gesto para que ella lo imitara.

–Enséñame qué tienes.

Ella se sentó con cuidado en el cojín que había señalado y se ruborizó cuando la falda se le subió por encima de las rodillas. Trató de ocultar las piernas con el maletín.

–Éstos son los primeros diez perfiles que ha sacado el ordenador –dijo, tratando de poner un tono profesional–. En total tengo treinta posibles candidatas, pero sólo he traído veinte agrupadas de diez en diez.

Le tendió la pila de fotografías y breves perfiles biográficos y lo miró mientras los revisaba. No dijo nada hasta que terminó.

–¿Nada? –preguntó, lista para darle las otras diez.

–No. No veo ninguna con posibilidades.

–Bien –trató de parecer animada y feliz, pero no lo estaba.

Era completamente absurdo, pero no quería que le gustase ninguna. Quería gustarle ella.

Pero eso era imposible, ridículo, horrible.

–Dame tu opinión de experta –dijo él–. Elige a tus tres favoritas de ese grupo. ¿Cuáles son?

–¿Quieres que elija yo?

–Tres mujeres que creas que serían perfectas para mí.

–No puedo hacer eso –tenía un nudo en el estómago.

–¿Por qué no?

–No soy tú.

–¿Y?

–No tengo los mismos valores, ni el mismo gusto. Lo que a mí me gusta no es lo que te gusta a ti.

–Eso no lo sabes.

Recordó en un instante el correo electrónico que había escrito a Sharif.

–Ah, sí lo sé –dijo, recordando la noche de la boda de lady Pippa y cómo había disfrutado de la compañía de Zayed y cómo se había aburrido él.

–No busco una conexión amorosa, sólo compatibilidad.

–De acuerdo –con las mejillas ardiendo recorrió los impresos y eligió a Jeannette Gardnier, una bonita morena francocanadiense profesora de derecho; después a Sarah O'Leary, una impresionante pelirroja, periodista, de Dublín; y a Giselle Sánchez, una morena banquera de Buenos Aires–. Ahí tienes, tres mujeres brillantes, fuertes, exitosas e independientes. Y todas guapas.

—¿Por qué esas mujeres? —preguntó sin mirar los perfiles.

—Son lo que has pedido.

—Estás enfadada.

—No estoy enfadada.

—Entonces ¿por qué no me miras?

—No necesito mirarte.

—Estás a punto de llorar —dijo sorprendido.

—Por favor —giró la cabeza y se mordió los labios, traicionada por sus emociones.

Se suponía que era una mujer de ciencia. Se suponía que se centraría en su trabajo.

Zayed se acercó y la pasó un dedo por debajo de los ojos.

—Estas llorando.

—No —no tenía que haber ido allí.

Era inmune a los hombres, a todos menos a Zayed.

—¿Qué es esto entonces? —le mostró una lágrima en el dedo.

—Una lágrima.

—¿Por qué?

—¿Por qué? —dijo indignada—. Porque estoy triste, por eso. Soy una mujer y tengo sentimientos. Y puede que tú pienses que sea un museo o un robot, pero no lo soy. No lo he sido nunca —sacudió la cabeza y se le soltó el pelo.

—No he dicho nunca nada de donde se infiera que seas un robot.

—No, sólo piensas que soy un museo de ciencias naturales, aburrida, aburrida, aburrida.

Zayed la miró con los ojos entornados y después de un momento dijo:

—¿Lo sabías?

Rou se ruborizó. Estaba arrepentida de su estallido.

–Sharif no quería que me enterara. Yo desearía no haberme enterado.

–Por eso me odias tanto.

–Seguramente a ti te pareció divertido, pero dolió...

No la dejó terminar porque le cubrió la boca con la suya. Rou se puso rígida y lo empujó, apoyándole una mano en el pecho. Su pecho era duro y caliente. De pronto, se descubrió agarrada a la túnica en lugar de empujándolo. Los labios de Zayed habían sido suaves hasta ese momento, pero al sentirla rendida, el beso se endureció y profundizó, alcanzando una pasión que la dejó sin aliento.

La habían besado, pero nunca así, jamás con tanto calor o deseo, y la cabeza empezó a darle vueltas. La presión de su boca hizo que separara los labios y su lengua se deslizó en su cálida y suave boca tomando posesión de ella.

Tenía que parar aquello, pensó aturdida, tenía que pararlo, pero su cuerpo se negaba a actuar. Sentía cosas demasiado extrañas y maravillosas. Incluso el corazón parecía irle más despacio.

Lo más enloquecedor era lo que notaba en el vientre. Una sensación que la hacía ser consciente de lo vacía que estaba.

La llegada de un camarero puso fin al beso. Rou ni siquiera lo había oído llegar, pero Zayed sí. Oyó a Zayed preguntar algo, pero no entendió nada de la conversación.

–Tengo que irme –dijo él de repente.

–De acuerdo –dijo ella obligándose a mirarlo primero a la barbilla, después a la boca y, finalmente, a los ojos.

–Mi madre se ha desmayado y la han llevado al hospital –le hizo una caricia en la mejilla.

Rou parpadeó y poco a poco recuperó la conciencia de dónde estaba.

—¿Está bien?

—Seguro que sí. Será la impresión. Recibió muy mal las noticias sobre el avión de Sharif.

—Normal.

Zayed seguía sin marcharse. En lugar de eso, miró detenidamente su ruborizado rostro.

—Ese correo electrónico... lo que escribí... no estaba dirigido a ti.

Ya lo sabía, pero eso no lo hacía menos doloroso.

—Lo sé.

—No pretendía herirte.

Sintió un dolor en el pecho. No quería que se disculpase. Sólo deseaba que las cosas fuesen de otro modo. Ser más guapa, más divertida, más deseable.

—Sé que no estaba dirigido a mí.

—Pero te habrá dolido.

—Es parte del pasado —dijo tras un silencio—. He seguido adelante.

—Creo que deberíamos hablar sobre ello, pero ahora no es el momento...

—No quiero hablar de ello, además tienes que irte. Tu madre te necesita y yo tengo mucho que hacer —hizo un gran esfuerzo para ponerse en pie—. Volveré a mi habitación, contactaré con las tres mujeres que he elegido y trataré de arreglarlo para que te conozcan.

—Iré a verte cuando vuelva del hospital —dijo poniéndose de pie también.

—No es necesario. Tienes mucho que hacer y yo tengo trabajo. No estoy aquí de vacaciones.

—Haré que te sirvan la cena en tu habitación.

—Soy la última persona de quien tienes que preocuparte. Vete.

La miró largamente y se marchó. Ella trató de no pensar en el beso mientras volvía a su suite.

Capítulo 5

MIENTRAS la limusina se alejaba del hospital, Zayed apoyó la cabeza en el asiento y cerró los ojos. Ya que sabía que su madre estaba bien, podía volver su atención a otros asuntos. Como la ceremonia de coronación. Y la esposa que necesitaba, una esposa que su madre decía que ella le conseguiría al día siguiente si era necesario. Y Rou.

¿Por qué la había besado? ¿Qué lo había poseído para besar a la doctora Tornell?

No era una mujer que hubiera encontrado particularmente atractiva. Ni siquiera había querido besarla, y aun así el beso... Lo había sorprendido. Había sido caliente. Explosivo.

Nada parecido a lo que había imaginado. Pero tampoco ella era como había imaginado.

Y además sabía lo de su correo electrónico a Sharif después de la boda de Pippa. Sabía que la había rechazado y, aunque no lo recordaba con precisión, estaba seguro de que el tono del escrito habría sido sarcástico.

Cambió de postura. No tenía que haberse portado de un modo tan poco correcto. Desde luego que no quería herirla. En todo caso, había querido provocar a Sharif.

Cerró los ojos otra vez avergonzado. Pero eso no era nada nuevo. Vivía con vergüenza. Él se había buscado su maldición. Eran sus acciones las que lo maldecían.

La culpa con frecuencia era insoportable y llevaba quince años teniendo comportamientos autodestructivos, pero nada de lo que intentaba funcionaba. Dios no le dejaría morir... pero tampoco vivir.

Su mundo estaba lleno de placeres materiales: coches rápidos, vida rápida, mujeres rápidas. Se lo concedía todo, se entregaba a todos los vicios y no disfrutaba de ninguno.

Pero estaba de vuelta en Isi, el lugar donde había crecido. Estaba allí para ocupar el lugar de su hermano. Para enmendarse, si podía enmendarse. Si pudiera romper la maldición. Salvar lo que quedaba de su familia. Si pudiera hacer sólo eso.

Diez minutos después, llegaban al palacio. Tenía que ir a ver a Rou. Si no la hubiera besado...

Si hubiera mantenido las distancias, no habría descubierto que su imagen de fría científica era sólo fachada. Rou no era fría, era una mujer. Una mujer a la que le había gustado mucho besar.

Ya en el palacio fue derecho a la suite de Rou. La luz estaba encendida todavía. Bajó las escaleras del cuarto de estar y vio que estaba vacío, pero que unas cuantas bandejas cubrían la mesita baja. Destapó los platos y descubrió un aromático arroz, otro con carne, gambas salteadas, pescado sazonado, verduras y patatas. Todo intacto. ¿No había cenado nada?

Estaba a punto de marcharse cuando oyó ruido de papeles. Se dio la vuelta y la vio en el escritorio. Se había quedado dormida trabajando. Se acercó a ella. Aún llevaba el espantoso traje gris, pero tenía el cabello suelto. Dormida su rostro era suave, los labios llenos y curvados. Dormida parecía vulnerable. Jamás se aprovechaba de una mujer vulnerable. Jamás se aprovechaba de una mujer. ¿Por qué la había besado?

Perplejo casi la dejó como estaba, pero después lo asaltó la culpa. Estaba allí porque él le había pedido ayuda. Lo menos que podía hacer era mandarla a la cama.

Le apoyó una mano en el hombro.

–Despierta. Tienes que irte a la cama.

Rou se movió, pero no se despertó. Le sacudió el hombro otra vez.

–Rou.

Esa vez sí lo consiguió, se incorporó y lo miró.

–Hola.

La contempló un segundo y, sin pensarlo, le acarició una mejilla con el dorso de la mano. Su piel era cálida y suave.

–Es más de medianoche. Hora de que te vayas a la cama.

–¿Cómo está tu madre? –se irguió bruscamente como recordando.

–Delicada. Histérica. Agotada –se encogió de hombros–. Pero siempre ha sido así.

–No parece muy agradable –se apartó el cabello de la cara.

–Ella nunca ha sido lo que se diría agradable.

–¿No tienes una buena relación con ella? –frunció el ceño.

–Esta noche ha sido la primera vez que la he visto en años –se sentó en el borde de la mesa.

–¿Por qué?

–Es controladora. Manipuladora. He visto cómo trataba a Sharif y a su familia y juré que jamás dejaría que hiciera eso con mi vida.

–Pero has ido a verla esta noche.

–Es mi madre.

–Si no te conociera tan bien, diría que eres un buen hombre.

–Afortunadamente me conoces –sonrió de medio lado.

–Afortunadamente.

–Siento lo de antes...

–Olvídalo.

–¿El beso o el correo electrónico? –alzó una ceja.

–Las dos cosas.

–¿Así de fácil?

–Trato de olvidar lo que puede hacerme daño –se encogió de hombros.

–Ah, y te ocultas detrás de una máscara de científica.

–No es una máscara. Es lo que soy. Es lo que hago.

–¿Y el beso? ¿No significa nada?

–Absolutamente nada –respondió firme–. Estás estresado. Yo también. Hemos cometido un error. Se acabó, olvidémoslo.

–Pero ha estado muy bien.

Se ruborizó considerablemente y dijo remilgada:

–No sabría decirte.

Zayed rió suavemente a pesar del agotador día. Era tan provocadora y tan extrañamente divertida. Y antes de poder pensarlo, recorrió con un dedo el perfil de su rostro, las mejillas. Ella se apartó.

–¡No soy una de tus tres candidatas, jeque Fehr!

Si pensaba que se quedaría quieto por su tono frío, se había equivocado.

–Quizá deberías serlo –respondió meloso.

–Estamos en medio de una crisis...

–¿Y deberíamos tomarnos todo más en serio? –terminó él la frase.

Enfadada, Rou resultaba más viva, femenina y fuerte. Un poco irritable, pero eso le sentaba bien.

–Sí –dijo ella, sacudiéndose el pelo que le caía por la espalda.

La recorrió con la mirada deteniéndose en las piernas. Eran aún más bonitas sin tacones y se descubrió fantaseando con lo que haría con unas piernas así.

Un beso en la rodilla. Un beso tras esa preciosa rodilla cuando ella temblara. Y temblaría. Las mujeres siempre temblaban. Ya lo sabía, ya sabía que Rou no tenía nada que ver con la imagen que daba.

–Haber pasado tres horas escuchando los lamentos de mi madre me hace ser plenamente consciente de la crisis en curso. Sin embargo, también soy un hombre, y tú eres una mujer...

–No.

–¿No?

–Quiero decir –se ruborizó aún más–, sí. Soy una mujer, pero no la adecuada para ti. No soy tu tipo. Jamás lo seré. Tiene que ver con las leyes de la atracción.

–¿Leyes de la atracción?

–Es mi campo de estudio –hizo una pausa y se colocó un mechón de cabello tras la oreja–. La ciencia y la química del amor romántico. Es un mecanismo inconsciente, algo que el cerebro controla a través de bioquímica y hormonas.

–¿Y no crees que mi cerebro pueda encontrarte atractiva?

–No.

–Sabes mucho de mi cerebro –hizo una mueca.

–Sé que los hombres son propensos al impulso, particularmente el impulso sexual, pero eso no significa que sea atracción auténtica, o compatibilidad. Y eso es en lo que estamos interesados: compatibilidad, sinergia, matrimonio.

Zayed asintió cuando terminó, pero realmente no la estaba escuchando. Se había perdido cuando había hablado del impulso sexual porque tenía el sexo en la cabeza y, según su forma de pensar, ella era una mujer que necesitaba desesperadamente hacer el amor. No podía imaginarse la última vez que se habría acostado con alguien y eso era exactamente lo que necesitaba. Después de un par de horas entre las sábanas, después de un par de orgasmos, tendría un aspecto completamente distinto. Su mirada azul sería más suave. Su tono de piel menos pálido. Y esa boca, esa boca dulce y llena, estaría inflamada por los besos.

Si no estuviera metido en el lío que estaba, si no necesitase una esposa, él mismo le enseñaría ese lado del amor que ella no había estudiado... el lado físico. El amor era algo más que manuales científicos. También era habilidad, paciencia y deseo.

—Estoy aquí para encontrarte una esposa —añadió escueta—. Eso es todo.

—De acuerdo —inclinó la cabeza; miró sus piernas, el sedoso cabello y las manchas rosadas de sus mejillas, y sonrió malévolo.

—Así que nos hemos comprendido. Mantendremos la relación en un plano estrictamente profesional. No nos permitiremos más roces, besos ni flirteos. Esto es trabajo y hay una ciencia para este trabajo...

—Me equivocaba sobre ti, ¿sabes? Eres muy interesante. Y muy atractiva, sobre todo cuando estás en plan virtuoso —sonrió—. A los hombres nos gustan los retos. Y tú, mi convencional, tensa y mojigata doctora, eres un auténtico reto —con una última sonrisa se marchó.

Rou se dejó caer en el sofá en cuando Zayed desapareció y se abrazó a un almohadón.

¿Cómo se atrevía? Qué arrogante. Era imposible que le encontrara una buena esposa. Ninguna mujer decente lo aceptaría. Era horrible. Arrogante. Adicto al sexo.

Se mordió el labio y cerró los ojos tratando de no pensar en cómo la había besado y cómo había respondido su cuerpo imaginándose cómo sería hacer el amor con él. Sería bueno, incluso fantástico... Dios mío, tenía que salir de allí.

En la cama, le llevó una eternidad relajarse. Dio vueltas y vueltas y al final encendió la luz y sacó un libro, pero tampoco éste pudo atraer su atención.

El problema era Zayed. El problema era su beso. Un beso que no se parecía a ningún otro que hubiera experimentado. Que le hacía querer ir más lejos. Jamás había disfrutado del sexo antes, pero con Zayed sabía que sería distinto. Todo con él era distinto.

Con él no se sentía frígida. Sentía. Deseaba. Necesitaba. Anhelaba. Siempre la habían acusado de ser demasiado cerebral y quizá era por su propio miedo a mostrar sus emociones y deseos, pero su cuerpo nunca había sido importante. Y esa noche cuando Zayed la había besado, su cuerpo había vuelto a la vida, expresado necesidades, querencias, demandas.

Encontró la revelación maravillosa y horrible. Maravillosa porque se sentía viva. Maravillosa porque jamás se había sentido así. Pero horrible porque sabía que, cuando se marchara de allí, ya no volvería a sentirse así otra vez.

Eran casi las tres cuando se durmió y cerca de las ocho cuando despertó. Le dolía la cabeza cuando salió tambaleándose de la cama a abrir las contraventanas y vio todo teñido de rojo por el sol naciente.

Aún con el pijama azul claro, se recogió el pelo en una coleta, se puso las gafas y agarró el ordenador. Se lo llevó al sofá y abrió el correo electrónico para ver si había recibido alguna respuesta. Ninguna de las tres mujeres con las que había contactado había respondido y, en lugar de sentirse decepcionada, se sintió aliviada. Eso no era bueno.

Para combatir la sensación de culpa consideró mandar otros mensajes, pero luego reconoció que el esfuerzo sería inútil. Era imposible encontrarle una novia en día y medio. Imposible que una mujer en su sano juicio se subiera al avión real, llegara allí, hablara con Zayed una hora y accediera a casarse.

Tenía que haber alguien, alguna mujer cercana a la familia, a Zayed, quizá una ex novia.

Estaba abriendo uno de los cuadernos para empezar a apuntar posibilidades cuando llamaron.

–Adelante –dijo, esperando que fuera Manar con café y galletas.

Pero quien apareció fue una bonita morena con un sencillo vestido de color crema.

–No he sido muy buena anfitriona. Lo siento. Debería haber venido antes. Soy Jesslyn Fehr...

–¡Reina Fehr! –Rou se puso de pie de un salto y corrió hacia ella, que bajaba las escaleras del cuarto de estar. No sabía si tenía que hacer una reverencia–. No esperaba que hiciera de anfitriona conmigo. Ya me siento bastante mal siendo una intrusa en estos momentos. Sé que tiene demasiadas cosas a las que enfrentarse.

–Por desgracia no tengo lo bastante que hacer. Me cuesta mucho mantenerme ocupada. Nada me hace olvidar. Ni siquiera los niños –parecía abatida, perdida.

–¿Cómo está?

–Tiene que volver –trató de sonreír, pero no lo consiguió–. No puedo hacer esto sin él.

–Vamos, siéntese –dijo Rou señalando el sofá–. Siento no estar vestida. Me gusta trabajar en pijama.

–La mejor forma de trabajar –dijo la reina–. Cuando era profesora, pasaba el fin de semana en pijama corrigiendo exámenes –se sentó en el sofá frente a Rou–. ¿Ha tomado café? ¿Comido algo?

–No, estoy bien...

–Yo tampoco he desayunado y me encantaría sentarme aquí y charlar mientras comemos algo –hizo una pausa–. Si no te importa.

Rou pudo entender por qué Sharif se había enamorado de Jesslyn: era hermosa, auténtica, humilde y con los pies en la tierra.

–No me importaría en absoluto.

Jesslyn se inclinó y apretó un botón casi invisible

en una de las patas de la mesita de café. Casi de inmediato apareció alguien del servicio.

—Sí, su Alteza.

—Mehta, por favor, ¿podrías traernos un par de cafés? Y si en la cocina hay pastas, ¿unas pocas? —contempló el cuarto de estar después de que Mehta se marchara—. Llevaba mucho sin venir aquí. Fue donde me quedé la primera vez que vine a palacio. Es bonito cuando el sol del amanecer ilumina el jardín.

—Es una habitación extraordinaria.

—¿Ha salido ya? ¿Recorrido el jardín?

—No, pero debería. Iré a lo largo de esta mañana.

—Era su habitación, ¿sabe?

—¿La de quién?

—La de las chicas —la miró con los ojos tristes—. Las gemelas: Jamila y Aman. Raramente se usan estas habitaciones. Creo que has sido la primera en quedarte desde que murieron.

—¿Eran amigas suyas? —estaba conmocionada.

—Sí. Cuando las conocí de estudiante, compartimos piso. Estábamos de vacaciones en Grecia cuando sucedió el accidente —apretó los labios—. Murieron con una semana de separación. Así conocí a Sharif. En el hospital, el día antes de que Aman muriera —parpadeó y la miró a los ojos—. No puedo perderlo. No puedo vivir sin él. Lo es todo. Mi esperanza y mi corazón —las lágrimas inundaron sus ojos, pero hizo un esfuerzo para sonreír y seguir hablando—. Creo que conoces a Sharif.

—Sí —también tuvo que contener las lágrimas—. Gané la beca Fehr cuando estaba en Cambridge. Con el tiempo llegué a conocer a su marido, el rey. Fue un mentor maravilloso, muy amable, muy generoso.

—¿Eres la psicóloga? —su expresión se iluminó.

—Sí —sintió un nudo en la garganta.

—Y ahora Zayed y tú os habéis conocido. Qué maravilloso. ¿No es gracioso cómo funciona el mundo? Sharif me dijo una vez que de lo malo siempre sale algo bueno y puede que tuviera razón. Quizá salga algo bueno de todo esto.

Mehta volvió con el café y, detrás, Manar con zumo de naranja y deliciosas pastas y yogur.

Seguían hablando y tomando café cuando apareció Zayed media hora después.

De inmediato, se acercó a Jesslyn y la besó en las mejillas. Después, saludó a Rou.

–¿Qué? ¿Hoy no toca el traje gris?

–Aún no he tenido ocasión de ponérmelo.

–Por mucho que me guste el traje gris, deberías cambiarte de ropa. Hoy va a hacer mucho calor y había pensado enseñarte los jardines del palacio.

–Tenéis mucho que hacer, así que me marcho –dijo Jesslyn, levantándose y sonriendo a Rou–. Luego tengo que llevar a los niños a nadar. Si tienes un momento libre, sería estupendo que te unieras a nosotros. Los niños están deseando conocer a su nueva tía –con una sonrisa se marchó.

–¿Qué acaba de decir? –dijo Rou en cuando Jesslyn desapareció–. ¿Tía?

–Yo también lo he oído –dijo Zayed, mirando hacia el pasillo con el ceño fruncido.

–Ha sido un error. Seguro que ni sabe lo que ha dicho –se soltó la goma del pelo–. ¿No?

–No lo sé –dijo, aún mirando en la dirección en la que había desaparecido Jesslyn.

–¿Qué quieres decir con no lo sé? Cómo puede creer que nosotros... yo... –suspiró–. Sabe que soy psicóloga, una experta en relaciones, sabe que trabajo para ti.

–A lo mejor no –dijo Zayed tras un largo silencio, encogiéndose de hombros–. Quizá cree que eres mi prometida.

–¿Cómo puede ser?

–Le dije que cuando volviera lo haría con mi prometida –volvió a encogerse de hombros.

–¿Todo el mundo piensa eso?

–No lo sé. Eso explicaría por qué estás en la habitación de mis hermanas. Se reservan para la familia directa.

–Oh, no –se cubrió los ojos sin querer imaginar lo que habría pensado Jesslyn. Dejó caer las manos–. Tienes que ir a explicárselo –dijo con urgencia–. Tienes que ir ahora mismo y asegurarte de que todo el mundo se entera de que no soy tu prometida, sino que trabajamos juntos para buscarte una. Sobre todo la reina. Ya tiene bastantes preocupaciones. No quiero que se sienta incómoda cuando llegue tu futura esposa.

–¿Y cuándo va a ser eso, doctora? ¿Esta mañana? ¿Esta noche? ¿Mañana? Estamos tan cerca de encontrar una esposa ahora como en Vancouver hace cinco días –se dejó caer en el sofá–. Quizá ha llegado el momento de repensar la búsqueda.

–Yo estaba pensando lo mismo –buscó su cuaderno–. Tiene que haber alguien cercana a ti que sea adecuada. Una antigua novia. Una prima segunda o tercera. Una amiga de la familia.

–Una amiga de la familia. Sí. Alguien que nos conozca, que sepa nuestra historia –tomó una pasta de la mesa–. Sería ideal.

–Bien. Me alegro de que estemos de acuerdo –dijo apuntando algo más–. Pero dime, tengo curiosidad. Sharif tiene cuatro hijos, tres chicas y un chico. ¿Por qué no hereda uno de ellos el trono? ¿Por qué pasa a ti?

–Por las antiguas leyes de Sarq. En muchos sentidos, somos un país moderno, pero en otros no hemos cambiado nada en cuatrocientos años. La ley dice que el gobernante ha de ser un varón, que debe tener más de veinticinco años, y que tiene que estar casado al menos con una esposa...

–¿Al menos con una esposa? –alzó la cabeza–. ¿Cuántas esposas se espera que tenga el rey?

–Mi padre y mi abuelo sólo tuvieron una, mi bisabuelo tuvo tres.

–¿Pero el rey hoy en día podría tener más de una?

–Legalmente sí. ¿Moralmente? No. En los últimos cien años los Fehr sólo han tenido una esposa, amado a una sola esposa. Somos fieles a nuestras mujeres y yo, a pesar de lo que hayas oído de mí, seré fiel a mi esposa.

–Supongo que eso será un alivio para tu prometida.

–Eso espero –sonrió.

–Bueno, ¿tienes a alguien en la cabeza o nos ponemos a hacer una lista?

–Oh, tengo a alguien en mente –dijo en tono perezoso.

–Excelente –sonrió expectante.

–Creo que te sorprenderás –sonrió encantado.

–¿De verdad?

–Sí, he pensado en ti.

–¿Perdón? –sintió que el corazón le daba un vuelco.

–He pensado en ti, Eres perfecta. Educada, competente, exitosa. Y lo mejor de todo: antigua amiga de la familia. La protegida de mi hermano Sharif.

–¿Has estado bebiendo? –se puso de pie un poco insegura.

–He tomado un café.

–Jeque...

–Quizá es mejor que me llames Zayed.

–Jeque Fehr... –endureció el tono.

–Estamos virtualmente comprometidos.

–No –se sentó en las escaleras de piedra–. No lo estamos. Absolutamente no. Bajo ninguna condición.

–Me temo que Jesslyn y los niños ya lo piensan.

–Entonces vete a aclararles que no es así. Estoy aquí para buscarte una esposa.

–Financiaré de todos modos tu centro de investigación.

Ella, que nunca se desmayaba, estuvo a punto de hacerlo. ¿Iba en serio? ¿Y de verdad había dicho lo del dinero? ¿Que le daría dinero por casarse con él? Todo le daba vueltas.

–No nos vamos a casar.

–Sabes que es la solución perfecta –dijo con total tranquilidad–. Eres exactamente lo que quiero. Conoces mi situación. Sabes que necesito un matrimonio de conveniencia y no una unión por amor. Estás altamente cualificada como candidata: eres inteligente e interesante y nuestros hijos serán brillantes...

–¡Dios bendito! ¿Hijos?

–Podemos esperar un año para que te quedes embarazada a ver si aparece Sharif, porque si aparece, por supuesto eso te libera de todas tus obligaciones...

–Lo dices en serio –dijo en un susurro y salió corriendo hacia el dormitorio.

–No hay ninguna razón para el pánico –le dijo–. Tendremos nuestro noviazgo, sólo que empezará después de la boda.

Rou se volvió en la puerta del dormitorio para mirarlo. Seguía sentado donde estaba. Lo peor era que no podía pensar que hubiera perdido el juicio. Conocía los signos de la locura y él no los mostraba. Ella no era de las que se casaba.

–Si no hablas tú con la reina, lo haré yo –dijo enfadada–. Mejor aclarar los malentendidos ahora que arruinar nuestras vidas –se metió en la habitación y cerró la puerta con firmeza.

Capítulo 6

ROU siguió paseando unos minutos después de que Zayed se marchara, tratando de pensar en un modo de arreglar la situación porque la solución de Zayed, el matrimonio, no lo era.

Él resolvía sus problemas, pero ella no ganaba nada. Le gustaba su vida y no tenía intención de casarse. La vida doméstica y los hijos no eran para ella. Amaba su trabajo, lo necesitaba.

Lo que tenía que hacer era hablar con la reina. Cuando supiera la verdad, Zayed no podría obligarla a casarse. Cerró los ojos y dudó sobre añadir una carga más a Jesslyn, pero qué podía hacer. Jamás permitiría que Zayed la manipulara. Aunque... y eso no lo admitiría jamás, una parte de ella sentía curiosidad. Curiosidad no era la palabra adecuada. La verdad era que se sentía halagada.

De hecho no tenía a ningún hombre llamando a su puerta, y se sentía atraída por Zayed. Había pasado la noche dando vueltas en la cama fantaseando con hacer el amor con él. Y le proponía matrimonio. No era que lo hubiera considerado... No, tenía que hablar con Jesslyn y cuanto antes mejor.

Manar le llenó bañera y, en cuanto se hubo marchado, se quitó el pijama y se metió dentro. Casi se echó a reír al meterse en el agua. En ese ambiente de *Las mil y una noches* y si ella fuera una mujer distinta, incluso estaría tentada por la proposición de Zayed.

Pero ella se había criado en una mansión de Beverly Hills con doncellas y cocinero. Pero el dinero no traía la felicidad. No conseguía el amor. Sólo hacía a la gente arrogante, egoísta. Jamás había envidiado las riquezas de sus clientes. Lo que ella quería era independencia. Confianza, respeto. Ansiaba un mundo propio en el que controlara las emociones, incluyendo las suyas. Algo que no podría hacer en Sarq.

Salió de la bañera, se secó enérgicamente y revisó la ropa que tenía. Toda inapropiada para un clima caluroso. Al final se puso una falda negra sólo porque hacía juego con una severa blusa negra que era de manga corta. Con zapato bajo y el pelo recogido en su habitual moño, se dispuso a hablar con la reina.

Jesslyn y los niños aún no habían salido para la piscina. Mehta la acompañó hasta la zona infantil, pero una vez allí, Rou deseó no haber insistido en ir. Esa familia luchaba con todas sus fuerzas por la normalidad. Su mundo se había vuelto patas arriba en pocas semanas y de pronto Rou se despreció a sí misma por estar allí.

–Mamá –dijo Tahir, señalando a Rou–. Mamá, mira.

Jesslyn dio un salto, se dio la vuelta y vio a Rou en el umbral.

–Hola, Rou. Pasa. Lo siento, no te había visto –sonrió mientras Tahir se sentaba en su regazo.

Rou sintió que se le hacía un nudo en el pecho. No debería estar allí.

–Chicas –dijo Jesslyn con tono alegre–. Me gustaría presentaros a alguien muy especial. Ésta es la prometida del tío Zayed, la doctora Rou Tornell. Se van a casar mañana, ¿no es emocionante?

Las niñas, que iban de los nueve a los once años, se pusieron de pie y le hicieron una respetuosa reverencia, después la miraron llenas de curiosidad.

Jesslyn las presentó y después Jinan, la mayor, pre-

guntó si la boda iba a ser a estilo occidental o la ceremonia tradicional de Sarq. Rou se quedó petrificada.
Aquello era lo que había querido evitar, pero no podía
hablar.

«Di algo», se dijo. «Explica la situación. Di que ha
habido un malentendido. Di que no te vas a casar con
su tío, que no lo harás nunca».

Pero no podía. No le salía la voz, no en una habitación llena de tristeza.

Fue Takia, la de nueve años, quien finalmente rompió el silencio.

–¿No vas a esperar a que vuelva papá?

Por un momento, se hizo un silencio en el que se
podía oír la caída de un alfiler, después dejó paso al
dolor. La reina lloraba sin ruido, pero Saba y Jinan ge-
mían y Tahir, confuso, rodeó el cuello de su madre y
se echó a llorar. Sólo Takia permaneció en silencio
mirando a Rou.

–Me gustaría poder esperar a vuestro padre –dijo
Rou con voz ronca–. No será una boda muy bonita sin
él.

–A lo mejor deberíamos esperar –susurró Takia.

–El tío Zayed y Rou también querrían eso –respondió Jesslyn–, pero el país está desgobernado sin papá,
y nadie puede tomar una decisión sin un rey, y Zayed
está siendo valiente y bueno y haciendo lo que papá
querría que hiciera.

–¿Y por eso se casa con Rou? –preguntó Saba.

–Para poder ser rey –dijo Jesslyn con una sonrisa
entre las lágrimas.

Rou no podía seguir allí. Esbozó una sonrisa desesperada y salió corriendo. Apenas había alcanzado
la puerta cuando las lágrimas empezaron a caer. Todo
era demasiado horrible.

Sharif, el hombre al que había adorado durante
más de diez años, no iba a volver, había muerto.

Se secó las lágrimas y trató de encontrar el camino a su habitación. Dio unas cuantas vueltas hasta que se dio cuenta de que estaba perdida. Ni siquiera sabía cómo volver a la zona infantil.

Estaba a punto de dirigirse por señas a un sirviente cuando se topó con Zayed.

–Vengo de tu habitación –dijo, agarrándola del brazo.

–He ido a ver a la reina –respondió, secándose las lágrimas.

–¿Qué ha pasado?

–La muerte de tu hermano. La reina y los niños están destrozados. El país está sumido en el caos y tú te estás comportando valientemente asumiendo el trono –lo miró sin dejar de llorar–. ¿Qué tengo que hacer yo? ¿Decirle que no voy a casarme contigo? ¿Decirles que no habrá boda y que el país seguirá sin rey? Jesslyn me ha presentado a los niños como la tía Rou, ¡por Dios! Ahora soy su tía. Y la pequeña no entiende por qué no esperamos a que vuelva su padre –lo miró en busca de ayuda.

–¿Cómo he podido pensar de ti que eres poco emotiva? –dijo él.

–Bueno, no me gusta ser así...

–Me gustas así. Eres real. Eres exactamente lo que quiero.

Ella se mordió el labio.

–Pero si pudiera desharía todo esto –añadió con calma–. Daría cualquier cosa por ver a Sharif entrar por esas puertas. Renunciaría a todo lo que tengo, todo lo que soy por que volviera a casa. Pero hasta ese día, tengo que hacer lo que se debe y eso incluye casarme y ocupar el trono. Pero necesito que me ayudes a cumplir con mi deber, sin ti no puedo hacerlo.

–Yo no, una esposa.

–Tú eres esa esposa. Tú eres la que quiero. Eres la única que necesito.

No podía negar su ayuda a esa familia en esos momentos de dolor. Alzó la cabeza y lo miró.

—Necesito tiempo –musitó, temblorosa.

Zayed iba a discutir con ella, pero suspiró, asintió y dijo:

—Comemos juntos, eso te da un par de horas.

—No es suficiente.

—Tendrá que serlo. Yo... nosotros... Sarq se queda sin tiempo. Este país lleva casi dos semanas sin rey. Hay que tomar decisiones, aunque sólo sea sobre el funeral de Sharif.

—De acuerdo –su tono resultó cortante, pero estaba superada por los acontecimientos.

—Te acompañaré a tu habitación.

—No, sólo señálame el camino.

—Es complicado.

—Soy lista.

—Muy bien –dijo tras un tenso silencio–. Tú ganas. Sigue este pasillo hasta el segundo cruce con otro, ahí gira a la izquierda y después el primero a la derecha. Sigue hasta el segundo pasillo y después a la izquierda y de nuevo a la izquierda, una vez más a la derecha y estarás en tu ala, ¿entendido?

—Pan comido –sonrió, pero no había entendido nada.

Al final tuvo que preguntar a dos personas del servicio, pero consiguió llegar a la suite. Una vez allí, se tumbó en la cama y abrazó una almohada. Aunque lo que más deseaba del mundo era subirse al primer avión y aterrizar en San Francisco, sabía que ésa no era una opción. Zayed tenía razón. La necesitaba, pero ella no iba a dejar de ser quien era, ni lo que quería, por nada, ni siquiera por Zayed, aunque quería ayudarle. Si fuera sólo un matrimonio temporal...

Debió de quedarse dormida porque, de pronto, Manar estaba allí despertándola, recordándole que comerían en media hora y que querría vestirse antes de reunirse con su Alteza en la terraza.

–¿Ya es la una? –preguntó aturdida.

–Sí, doctora Tornell. Falta media hora para comer.

–Entonces tengo tiempo –dijo, dejándose caer otra vez en la cama–. No tengo que arreglarme.

–¿No quiere ponerse otra cosa para comer? –preguntó Manar–. En la terraza hace mucho calor.

–Lo haría si pudiera –dijo Rou en un bostezo–, pero esto es todo lo que tengo.

–Pero, doctora, venga a ver. Tiene docenas de cajas y bolsas que han llegado de Dubai.

–¿Qué? –se sentó en la cama.

–Son su ajuar, pero su Alteza quiere que empiece a ponérselo ya. Dice que necesita otra ropa para estar en palacio –dijo Manar incapaz de contener la emoción–. Están en el cuarto de estar.

Rou salió de la cama y caminó descalza hasta el cuarto de estar, en donde había un montón de cajas y bolsas. Mientras bajaba las escaleras reconoció algunos de los nombres: Chanel, Prada, Valentino...

Dubitativa, abrió la primera caja y descubrió un traje de cóctel. En la siguiente caja, la chaqueta más suave imaginable, con diamantes por botones. Conteniendo la respiración abrió otra caja y encontró un vestido rosa coral con una cadena de oro en la cintura. Todo era rosa

Aturdida, se sentó en el brazo del sofá. Ella no se ponía ropa rosa. Jamás.

¿Dónde estaba el negro, el azul marino, el gris que usaba siempre? ¿Dónde estaba la ropa seria que la hacía sentirse a salvo, invencible?

–¿Es todo rosa? –preguntó a Manar con una nota de desesperación en la voz.

–¿No le gusta su ropa nueva?

–Es que es tan... rosa.

–Pero es preciosa. Como los caramelos, o las joyas –pasó la mano por una chaqueta de seda.

Rou estaba a punto de echarse a llorar por segunda vez en un mismo día. ¿Caramelos? ¿Joyas? ¿De verdad Zayed le había comprado ropa que recordaba a los caramelos y las joyas? ¿Cómo podía pensar que le gustaría algo así? ¿Tan poco práctico?

La ropa era importante, la imagen, y con una ropa así la estaba convirtiendo en un objeto decorativo. No lo permitiría. No sería su muñequita. Ella era la doctora Tornell y él haría bien en no olvidarlo. Para horror de Manar, Rou insistió en llevar su traje negro.

–¿Por qué? –preguntó la doncella–. Si tiene aquí la ropa más preciosa...

Rou abrió la boca, pero no se le ocurrió una explicación adecuada.

–Al menos póngase esto –le mostró un collar de perlas rosadas–, así no parecerá que rechaza los regalos de su Alteza.

Rou aceptó y se dirigió al patio, donde sería la comida. Antes de llegar, oyó el sonido de una fuente. Un emparrado daba sombra a la terraza y el perfume de las rosas llenaba el aire.

Zayed ya estaba allí, esperándola. La miraba del mismo modo que se mira algo al microscopio y Rou se puso rígida.

–¿No te gusta la ropa nueva? –preguntó.

Rou se había soltado el pelo y puesto el collar, pero nada más.

–Es todo rosa, Alteza –dijo, sentándose a la mesa y desplegando al servilleta en su regazo.

–¿No te gusta el rosa? –se sentó frente a ella.

–¿Parezco una mujer a la que le guste el rosa? –lo miró desafiante.

–Pareces una mujer que necesita recordar que es una mujer –le sostuvo la mirada.

–¿Y vestirme de rosa como una muñeca me convertirá en mujer?

–No, hacer el amor como es debido sí, pero todo a su tiempo. No veo la razón por la que no debas llevar colores que favorezcan tu tono de piel. Eres una mujer guapa...

–Vamos, Alteza.

–... decidida a ocultarse tras el estilo más espantoso posible –hizo una pausa, sonrió y añadió–. ¿No crees que ya podríamos tutearnos?

–A mí me gusta «doctora Tornell».

–Sí, lo sé –sonrió de medio lado–. Si te hace feliz, prometo que te llamaré así en el dormitorio.

–Eso no era necesario, Zayed –dijo ruborizándose y remarcando el nombre.

–Eres perfecta, Rou –sonrió–. Perfectamente adecuada, perfectamente irritable. Una rara y deliciosa fruta cubierta de peligrosas espinas

–Si piensas que las espinas protegen una dulce y delicada pulpa, te equivocas. Mi interior es tan espinoso como el exterior.

–Estoy seguro de que hay una cura para eso.

–¡No quiero ninguna cura! Me gusta como soy.

–Y a mí.

La salvó de tener que responder la aparición del personal de cocina que llevaba la comida. Era una gran cantidad de comida y Rou sabía que no sería capaz ni de comer dos bocados.

Zayed no tuvo ese problema. Comió generosamente de todo y disfrutando de la comida.

–No puedes permitir que la tensión y el conflicto te domine –dijo él como si le leyera la mente–. Tienes que aprender a separar tus emociones del conflicto, dado que el conflicto siempre existirá...

–No era así antes de que aparecieras en mi vida –interrumpió airada–. Estaba bien, era feliz, tenía éxito.

–Y sigues teniendo éxito, y serás feliz. No pierdes nada casándote conmigo. Ganas un marido, una familia y un reino.

–Pero si no quiero ni un marido, ni una familia ni un reino. Me gusta la sencillez de mi vida. Trabajo para mí. Me permite concluir las cosas que emprendo.

–¿Crees que no vas a tener éxito como esposa? ¿No crees que puedes concluir grandes cosas si te conviertes en madre?

–No –respondió firme–. Y aunque pueda considerar un matrimonio provisional, soy categórica en lo de no ser madre. No tendré hijos. Si estás pensando en un «para siempre», si lo que quieres es una máquina de parir, has pensado en la mujer equivocada.

Zayed se recostó en la silla comprendiendo más la situación de lo que ella pensaba. Como ella, él jamás había querido casarse, ni tener hijos. Hacía mucho que pensaba que ya había demasiados niños en el mundo y estaba decidido a no contribuir al problema del exceso de población.

–Los hijos no están entre mis prioridades ahora mismo –respondió con calma–. El hijo de Sharif, Tahir, heredará el trono cuando cumpla veinticinco años y sus hijos de él. Soy un simple regente hasta esa edad.

–Esto no es un acuerdo permanente, Zayed. Este matrimonio es sólo temporal, tú mismo lo has dicho esta mañana.

–He dicho que sería temporal si Sharif aparecía, si no... –no terminó la frase.

–No pasaré los próximos veinte años contigo esperando a que Tahir crezca.

–Serían veintitrés en realidad...

–Te daré un año.

–Diez.

–Dos.

–Nueve.

–¿Nueve años? ¿Juntos? ¿Estás loco?

–No, creo que soy bastante brillante. Eres perfecta para mí, y perfecta como reina. Podrás ser un instrumento de cambio para Sarq. Podrás ayudar a reformar el sistema, introducir leyes que promuevan la igualdad entre sexos y asegurar la protección a las mujeres.

–Podrías hacer todo eso sin mí.

–No sería tan divertido.

–¿Divertido? ¿Cómo puedes decir algo así? Deberías estar horrorizado por la perspectiva de casarte conmigo. No cumplo ni la mitad de las cosas de tu lista –buscó en el bolso que Manar había insistido en que llevara y sacó un papel doblado–. Vamos a verlo.

Zayed la escuchó y cuando terminó alzó las manos y dijo:

–Tú eres mi lista. Eres exactamente lo que quiero: inteligente, fuerte, compasiva...

–No –sacudió la cabeza–. Te equivocas. No soy esa mujer. No soy guapa. No soy noble. No soy compasiva. Si acepto convertirme en tu esposa, es porque puedes darme lo que quiero –contuvo la respiración como si hubiera dicho algo muy impactante, pero él estaba intrigado, no preocupado.

Rou hacía eso no por Zayed y su país, sino porque obtendría un beneficio, compartiría la vida con Zayed, su cama. Tendría la oportunidad de hacer realidad sus fantasías y después volver al mundo real para seguir con su carrera después de haber vivido una aventura.

Consciente de que Zayed la miraba intensamente, alisó el papel que tenía delante.

–A ti esto no te va a salir gratis. Necesitas una esposa, cualquier esposa, y lo seré yo, pero con condiciones.

–Lo esperaba.

–¿Sí?

–Sí. Dime.

–Quiero el centro de investigación. Y el dinero –dijo intensamente.

–Eso será caro.

–Seguiré trabajando y mantendré mi apellido, mi consulta y mi casa en San Francisco.

Deseó besarla. Nunca había conocido a una mujer como ella. Quizá su unión no fuera por amor, pero sería apasionada, estaba seguro.

–¿Y qué obtengo yo a cambio?

–Una esposa –le brillaron los ojos–. Era lo que querías –lo miró desafiante–. ¿No?

Capítulo 7

ROU miró cuatro vestidos rosas para ponerse en la fiesta de etiqueta de esa noche. Tenía que tomar una decisión. En menos de una hora tenía una cena en su honor. Zayed le había dicho que durante esa cena recibiría el anillo de compromiso. También sería presentada a la familia y amigos.

La boda sería al final de la mañana del día siguiente y por la tarde en una breve ceremonia Zayed sería coronado rey. Pero lo primero era la cena de esa noche, una fiesta con casi un centenar de invitados. Entre ellos el otro hermano de Zayed, Khalid, y su esposa embarazada. La madre seguía en el hospital, aunque se esperaba que asistiera a la boda.

Demasiada gente, demasiada gente mirándola. Tenía un nudo en el estómago por el pánico. No le gustaba ser el centro de atención, menos cuando su deber era ser atractiva, estar arreglada y ser agradable. Exactamente igual que cuando un padre o una madre arrastran a una hija al juzgado para que declare en contra del otro.

Con los ojos cerrados, apartó esas horribles imágenes de sus ojos. Ya no era una niña. Era una mujer y había accedido a casarse con Zayed para ayudar a Sharif y su familia.

Podía hacerlo. Sólo tenía que vestirse. Elegir lo menos recargado y ponérselo.

Llamaron a la puerta con suavidad. Era Zayed.

–Te he traído algo alternativo –dijo tendiéndole

una larga bolsa de color crema–. No era consciente de lo mucho que odiabas el rosa.

Dudó un momento antes de agarrar la bolsa. Era muy grande.

–¿Qué es esto? ¿Una ofrenda de paz en tonos azules? –pregunto con sorna.

–Algo así –le sostuvo la mirada mientras le entregaba la bolsa–. Y estos son los complementos. Zapatos, joyas y ropa interior.

Rou arqueó las cejas tratando de ignorar la tensión que crecía en su vientre por el simple roce de sus dedos al agarrar la bolsa. Se estaba volviendo demasiado sensible a Zayed.

–¿Ropa interior?

–Pensaba que te gustaría tener algo especial para ponerte debajo de este vestido.

–¿La has comprado tú mismo o has mandado a un asistente de compras?

–Yo mismo. La tienda estaba cerca del hospital –sonrió de medio lado–. Así que, si no te sirve, sólo puedes echarme la culpa a mí.

¿No era ése el problema? Su fría, lógica, científica mente había hecho la peor de las elecciones enamorándose de él. No iba a conseguir salir de Sarq sin el corazón roto.

–Seguro que todo me queda bien –dijo antes de darle las gracias y decirle que se fuera.

Cerró la puerta y se llevó un puño al pecho. Ya le dolía. Amarlo le haría daño.

Parpadeando para contener las lágrimas, abrió la bolsa y se encontró con un vestido del color del mar. El vestido no era ni color agua ni cobalto, ni turquesa ni zafiro. Era de un color tan profundo e intenso y al mismo tiempo tan lleno de luz que sintió como si estuviera hecho sólo para ella. Con manos temblorosas lo sacó de la bolsa.

Se miró en el espejo abrazada al vestido y ella, que jamás se había sentido guapa, quizá, sólo quizá, esa noche estaría hermosa. La sola idea la emocionó. Y eso la hizo sentirse culpable por ser tan superficial, pero ¿por qué no jugar a las princesas por un día?

Se bañó a toda prisa y aún mojada, envuelta en la toalla, abrió la bolsa y sacó los zapatos, las joyas y la ropa interior, unas diminutas bragas de seda negra. Se ruborizó y sacudió la cabeza mientras se las ponía. La prenda de seda negra prácticamente no cubría nada, pero era delicada, elegante y muy insinuante, la primera cosa insinuante que tenía en la vida.

Se miró en el espejo sólo con las bragas. Eran definitivamente pícaras, y bonitas. Y no eran rosas.

El vestido le quedaba incluso mejor. Como hecho a medida. Se volvió a mirar en el espejo y le encantó lo que vio. Así era ella. Sin excesos, sin grandes curvas, nada abiertamente femenino. El vestido dejaba un hombro descubierto. El cuerpo era estrecho, ceñido y la falda caía hasta el suelo.

Una sirena, pensó con una sonrisa. Quizá las mujeres bonitas se veían así siempre, pero para ella era algo nuevo. Se puso unas sandalias de poco tacón de color hueso, y después dos pulseras de plata y diamantes, un colgante y los pendientes a juego.

Se propuso disfrutar de esa noche. Sería su noche.

Manar llamó a la puerta. Su sonrisa de aprobación satisfizo a Rou.

—Preciosa —dijo Manar, mirándola—. El color es el de sus ojos. Muy guapa.

—Gracias —jamás se había sentido más guapa, pero se llevó la mano a la cabeza—. ¿Qué crees que debería hacer con el pelo? ¿Me lo recojo o lo dejo suelto? ¿Qué queda mejor?

—Se lo peinaré yo, ¿sí? —dijo tras un momento de observación.

–¿Sabes?

–Soy doncella de palacio, sé coser, maquillar, peinar, hacer las uñas, todo –dio una palmada en una silla–. Siéntese, se lo demostraré.

Zayed estaba de pie en el corredor de arcos fuera del inmenso salón utilizado para los eventos de estado saludando a los invitados y charlando a la espera de que Rou apareciera. Llegaba tarde. Sólo diez minutos, pero ella no solía retrasarse. Se preguntó si habría oído los rumores sobre su pasado, sobre la maldición que pendía sobre él y se había escapado de palacio.

No se lo reprocharía si lo había hecho. Si fuera ella, no se casaría con él. Era el príncipe oscuro.

Hubo un murmullo en el salón y después la vio avanzando hacia él alzando el borde del vestido.

–¡Me he perdido! –exclamó sin aliento al llegar a su altura–. Le he dicho a Manar que sabía el camino y me he perdido. La única otra vez que me he perdido así fue en Manhattan.

Estaba preocupada, se dio cuenta él.

–Está bien, eres la futura novia, puedes hacernos esperar lo que quieras.

–No. La puntualidad lo es todo –enfatizó con un movimiento de la cabeza.

Nunca la había visto con el pelo así. Llevaba un recogido del que escapaban algunos rizos.

Era un peinado de princesa, pensó y eso era lo que parecía con el vestido azul y su pálida piel.

–Estás preciosa –dijo, y era verdad.

–Gracias –sonrió tímida y alzando una muñeca para mostrar la pulsera–. ¿Son auténticos?

–Sí.

–¿Diamantes de verdad? –dijo con una ligera risita–. Porque los he contado. Hay más de cincuenta en cada una.

Sus ojos hacían juego con el vestido. Sintió una oleada de deseo. La deseaba y la intensidad de ese deseo lo sorprendió. La deseaba más de lo que había deseado a ninguna mujer en años. Quizá más que a nadie desde la princesa Nur. No se había permitido pensar en ella en mucho tiempo, sólo su nombre lo hacía estremecerse. La muerte de Nur con veinticuatro años había marcado el inicio de su maldición. Él tenía casi dieciocho años y debería haber pensado en las consecuencias. Debería haber comprendido que el riesgo era mayor que el placer, pero era joven y estaba desesperadamente enamorado.

–Tienes que presentarme –dijo una profunda voz de varón y se volvió bruscamente, agradecido por la interrupción de Khalid, su hermano menor.

Khalid, como su hermano, iba vestido con el traje de etiqueta de su país: una túnica color marfil con dorados, aunque ninguno llevaba la cabeza cubierta. Dentro de palacio nunca lo hacían.

Pero mientras hacía las presentaciones, el pasado no se desvaneció, nunca desaparecía del todo de su mente. Estaba con él, la culpa era un gran peso y devoraba cualquier alegría potencial.

Tampoco él quería olvidar. Le debía eso a Nur y, a pesar de la fiesta y de la belleza de su futura esposa, revivió una y otra vez el día que murió.

Había sentido furia, corrido por el palacio rompiendo cosas, gritando, pidiendo justicia, reclamando la inocencia de ella, gritando su dolor. Había hecho falta la intervención de su padre, sus hermanos y algunos sirvientes de palacio para reducirlo y evitar que fuera a buscar al marido de Nur. Él quería venganza, pero su familia lo había tenido encerrado en el palacio durante meses y así el también había muerto. La muerte de Nur había matado al muchacho y hecho al hombre fuerte, hermoso, pero vacío. Era un hombre que lo tenía todo y nada, y su maldición se había extendido sobre el palacio y la familia Fehr.

Primero se había llevado a sus hermanas; después a su padre y recientemente a Sharif.

¿Cuándo terminarían las tragedias? ¿Cuándo acabaría algo bien?

La música interrumpió sus pensamientos y vio que Khalid comentaba con Rou una de sus apariciones televisivas. Khalid le preguntaba si todas las americanas necesitaban tantos consejos sobre sus relaciones.

Para Khalid y Rou era fácil conversar, ambos eran gente de ciencia, aunque lo de él era la Arqueología y la Historia, no la Psicología y la Antropología.

Seguían hablando cuando le hicieron a Zayed la señal de que tenían que hacer su aparición formal en el salón. Khalid se excusó y fue a sentarse junto a Jesslyn y los niños.

—¿Lista? —preguntó Zayed.

Rou, que hasta entonces se había sentido extrañamente tranquila, miró al hermoso rostro de Zayed y vio algo torturado en sus ojos oscuros que hizo que se le formara un nudo en la garganta. Estaba triste.

Consciente en ese momento de que era un completo extraño para ella, sintió una oleada de nervios. ¿Podría con todo aquello? ¿Podría cumplir la promesa que había hecho?

Lo amaba. ¿Lo amaba? Quizá siempre lo había amado.

Respiró hondo y fue consciente de cuánto había en juego: su corazón, su felicidad.

Tenía que entrar en un salón donde había un centenar de personas con un vestido que mostraba más piel de la que estaba acostumbrada a revelar. Tampoco el peinado ofrecía protección.

Como si le leyera los pensamientos, Zayed la tomó del brazo y dijo con voz profunda:

–Estoy contigo. No te abandonaré. Ni siquiera aunque Sharif entrara por esa puerta.

–Desearía que apareciera ahora mismo.

–Yo también –la pena nublaba sus ojos.

Un momento después, con el brazo en el de él, entraban en el gran salón de techos dorados. Caminaron entre grandes mesas con manteles bordados. Los extravagantes arreglos florales cubrían las mesas al lado de cientos, miles de pequeñas velas blancas.

El aroma de los lirios blancos era abrumador y a la suave luz de las velas se sentía aturdida, como si ya fuera una novia.

Se le aceleró el corazón al aproximarse a la tarima donde tenían que sentarse. Nerviosa, apretó los dedos sobre el brazo de Zayed. Era cálido, fuerte y seguro. Menos mal que alguien lo era.

Si esa fiesta no fuera para ellos, si esa velada fuera para alguno de sus clientes, habría pensado que era maravillosa. Pero era para ella, para ellos, por su boda, y la idea era tan aterradora que, a pesar del brazo de Zayed, tenía la sensación de ir en un barco que se hundía.

No se hundió en las tres horas que duró la cena, aunque la mano le había temblado tanto cuando Zayed le había puesto el anillo de compromiso, que casi tiró la joya.

Zayed se había limitado a sonreír y a sujetar el anillo con mayor firmeza. El pánico de Rou creció al verse con el anillo. Lo miró pensando que parecía más un grillete que un anillo, pero era exquisito, unos extraños diamantes azules rodeados de piedras blancas y de color chocolate.

–No es rosa –dijo con una risa temblorosa.

–El primero que te compré era un diamante rosa,

pero al ver cuánto aborrecías el color, he pensado en una piedra azul.

Sintió que se le derretía el corazón al enterarse de que había hecho el esfuerzo de comprar un segundo anillo.

—Me habría conformado con el rosa —dijo, acariciando el óvalo azul.

—Bien, porque el rosa también es tuyo —hizo un gesto a un sirviente que se acercó con un joyero—. Considéralo como un regalo de bodas, puedes decidir utilizarlo para las fiestas o venderlo. Es tuyo.

El anillo del interior del joyero era asombroso, pero no tanto como la caja en que venía, decorada con madreperla y rubíes.

—Es preciosa —dijo en un susurro dando la vuelta a la caja—. ¿Es antigua?

—Data de 1534 y la diseñó Pierre Mangot, fue un regalo del rey francés Francisco I.

—Es demasiado valiosa... —trató de ponérsela en la mano.

—Tonterías. En Sarq, el novio siempre cubre a la novia de regalos extravagantes y, aunque no estuviera aquí, me sentiría impelido a regalarte cosas hermosas. Eres una mujer hermosa, lo mereces.

Las palabras de Zayed siguieron en su mente el resto de la noche y las seguía oyendo al volver a su suite a la una y media de la madrugada. Zayed iba en silencio mientras caminaban, ella estaba tan nerviosa que le costaba respirar. Al día siguiente estarían casados. Seguramente compartirían habitación. Era lo que quería, pero sus deseos también la llenaban de miedo. Aún no tenía experiencia suficiente... no había salido lo bastante... no había estado con hombres lo suficiente como para acercarse al sexo con tranquilidad.

De pronto deseó estar sola en su habitación. Deseó volver a ser la que era. Quería la Rou segura, predecible, no ésa vestida como una princesa. Quizá aún apareciera Sharif y la salvara de cometer ese error.

Al mirar de soslayo a Zayed se confirmaron sus peores temores. Era el hombre más hermoso que había visto nunca. ¿Cómo confiar en un hombre así? ¿Cómo iba a contentarse con ella? ¿Cómo iba a amarla? Podía vivir esa experiencia como un reto, pero jamás la amaría. Él mismo decía que no podía...

Estaba temblando cuando llegaron al pasillo que conducía a su ala del palacio. Al ver la entrada de su cuarto de estar sintió puro alivio. Pronto, estaría en pijama en su cama, al menos por una noche, lejos de Zayed.

Pero una vez allí, Zayed pareció no tener prisa por marcharse. Paseó por la sala a media luz y abrió las ventanas que daban al jardín. Rou lo miró disfrutar del fresco de la noche. La luna iluminaba su rostro.

–¿Tienes alguna pregunta sobre lo de mañana? –preguntó él con su profunda voz.

–No.

–¿Has comprendido el programa? La ceremonia de la mañana y la tarde juntos...

Se alejó de él, retirándose a los sofás blancos y sentándose.

–Eso creo.

–Debemos consumar el matrimonio para que sea válido.

–¿No podemos decir que hemos realizado el acto? –sintió un nudo en el estómago.

Zayed se apoyó en la ventana abierta.

–No puedo mentir. Ya sabes, el karma y todo eso.

–¿Cómo una mentira tan pequeña va a despertar la ira de los dioses?

–Las pequeñas mentiras son las que lo hacen –se llevó un puño a la boca.

–Parece como si hablaras por experiencia, mi príncipe –se rodeó las piernas con los brazos.

Zayed cerró los ojos brevemente antes de mirarla y, cuando lo hizo, pareció no verla. Parecía estar en otro sitio, viendo otra cosa, otra persona.

–Las pequeñas mentiras son las peores. Son las que parecen inocentes, tontas, pero ésas son las que acaban contigo. Las que te roban el alma –se pasó el puño por la boca–. Al casarme contigo te prometo mi fidelidad, mi respeto y protección. Mientras estemos casados, mientras estemos juntos, jamás estaré con otra. Serás mi única esposa, mi única mujer. Te lo juro.

Rou se sentó muy derecha mientras sus palabras calaban dentro de ella. Volvían al terreno de las emociones y ésa, definitivamente, no era una zona cómoda. Pero así era todo en Sarq.

–Haces que me dé cuenta de que casi no te conozco –dijo insegura–. Pareces un playboy, pero empiezo a pensar que no eres nada de eso... nada que ver con la imagen que has dado estos años.

–No pienses que soy un héroe –se echó a reír–. No soy Sharif, ni Khalid, nunca lo seré.

–¿Quién eres entonces?

Caminó de un modo deliberadamente lento hacia ella.

–La vergüenza de la familia –respondió, deteniéndose frente a ella.

–Eres con diferencia el más hermoso y mejor situado económicamente de tus hermanos. ¿Cómo pueden ser la belleza y la riqueza fuente de vergüenza?

Le recorrió el perfil con la punta de un dedo hasta detenerse en la barbilla.

–Tú deberías saber que la belleza y la riqueza son regalos engañosos. Algunos de los hombres más malvados han ocultado su verdadera naturaleza tras hermosos rostros.

–¿Eres malvado, Zayed? –preguntó, sintiendo la piel ardiendo por su caricia.

Se inclinó, la abrazó y la puso de pie.

—No —murmuró contra su mejilla—, pero estoy maldito.

—No digas esas cosas.

Le rodeó la cintura con un brazo y apretó.

—Pero he prometido protegerte —replicó, recorriéndole la mejilla con los labios— y eso incluye protegerte de mí —dijo y la besó en los labios con fuerza, un beso lleno de deseo.

Rou sintió que se le doblaban las piernas, sintió el vientre vacío y la desesperada necesidad de que la tuviera entre sus brazos como si no la fuera a soltar jamás.

Zayed la besó intensamente, separándole los labios, asaltando su boca, tomando su lengua entre los labios hasta que ella perdió la noción del tiempo.

Largo tiempo después, Zayed alzó la cabeza y le acarició las mejillas.

—Eres demasiado buena, demasiado inocente para vivir conmigo, *habibati* —dijo en un lamento—, pero no puedo ignorar el deber. Ahora no, no después de todos estos años. Tengo que honrar a Sharif y eso supone tenerte a ti.

Capítulo 8

ROU durmió a ratos, se despertaba cada hora por la intensidad de sus sueños. El rostro de Zayed aparecía en todos. Se despertó temerosa, consciente de que todo cambiaba ese día. Ese día se convertiría en alguien vulnerable. Se casaba con el hombre al que amaba y él no la amaba a ella. Había encontrado lo que sus clientes buscaban, sólo que en su caso el matrimonio era temporal.

Aún no había amanecido, pero el cielo empezaba a iluminarse. En algún sitio, el sol ya habría salido, pronto lo haría allí, pronto sería la esposa de Zayed. Cerró los ojos y suspiró. No sabía cómo hacerlo. No sabía cómo entregarse a un hombre, menos a él.

No era sólo la consumación del matrimonio lo que la llenaba de angustia, aunque le daba terror. Al menos no carecía por completo de experiencia. Había practicado el sexo un par de veces unos años antes, pero había sido un desastre, y era consciente de que había sido una combinación de dolor físico y emocional. No amaba a ninguno de los dos hombres y no estaba lo bastante excitada, lo que había contribuido a su incomodidad. Pero el miedo en ese momento era distinto. Temía decepcionar a Zayed. Había dicho que era guapa, apasionada, pero ¿qué diría cuando viera que era una inútil en la cama?

Sharif le había preguntado una vez que por qué no salía más, y ella había respondido que porque su trabajo la absorbía, pero no siempre era por eso. A los veintitantos, cuando había tratado de salir con hombres, había descubierto que era un desastre. Todo el mundo quería sexo sin compromiso y ella no podía hacer algo así. Y las dos veces que una relación había llegado hasta el punto de pasar a algo físico, había ido todo mal.

Pero al final de ese día no sería cualquiera quien estuviera con ella, sería Zayed.

Se levantó y abrió las ventanas. Podría decepcionarlo, pero cumpliría con su deber.

Manar llegó temprano con el desayuno y elaborados planes para ayudarla a prepararse.

—En mi país pintamos con *henna* las manos y los pies de la novia —dijo sonriendo mientras servía el café y una selección de dulces—. Creo que le parecerá exótico.

—¿No eres de Sarq?

—No, soy de Baraka, un país cercano y, aunque no somos muy distintos, las bodas sí.

—¿Cómo llegaste a Sarq?

—Mi marido es uno de los hombres de Khalid y lo conocí cuando fue a Baraka con el príncipe.

—¿Vas con frecuencia a tu casa?

—Está lejos y el viaje es caro.

—¿No echas de menos a tu familia?

—Echo más de menos a mi marido si no estoy con él.

Jesslyn apareció en la entrada.

—¿Interrumpo?

—No, pasa, por favor —Rou se puso en pie para saludarla con dos besos en las mejillas—. ¿Cómo estás?

—Emocionada por ti.

—Gracias.

—Te he traído un regalo para el día de tu boda —dijo

la reina, sacando un paquete envuelto en papel de seda–. Todas las novias deben llevar algo prestado y algo azul y esto es las dos cosas. He pensado que podrías llevarlo en un tirante o en el bolso.

Rou se sentó y abrió el paquete. Era un pañuelo con una S y una F bordadas.

–Era de Sharif –dijo Jesslyn con una sonrisa dubitativa–. Hablaba muy bien de ti y es una forma de incluirlo en la ceremonia. Es prestado y es azul.

–Vas a hacerme llorar –dijo con el pañuelo en la mano.

–Sería tan feliz por Zayed y por ti. Os quería a los dos y que os hayáis encontrado... –sacudió la cabeza–. Lo siento. He prometido que no me vendría abajo. No quiera estar triste y no quiero entristecerte en un día tan especial.

–Tú lo has hecho especial... –le agarró una mano.

–Vamos a ser cuñadas y amigas, espero.

–Sí, con todo mi corazón.

–No te entretengo más –le dio un abrazo–. Tienes mucho que hacer. Quiero que sepas que puedes recurrir a mí para lo que quieras, y... –se interrumpió llena de dudas–. Y no escuches las habladurías. El palacio está lleno de ellas, sobre todo respecto a Zayed. Hay mucho misterio en torno a él aquí y mucha gente no lo comprende. No está maldito, diga él lo que diga.

Maldito, esa palabra otra vez, y esa vez dicha por Jesslyn.

–La gente puede ser ignorante, ¿no? –dijo Rou con la boca seca.

–Sí, y es muy desagradable. Era muy joven, sólo un muchacho y desesperadamente romántico. Si hizo algún mal fue por ingenuo y las consecuencias fueron tan graves, tan horribles que es más de lo que la razón puede admitir –su expresión se suavizó–. Sharif estuvo preocupado por él durante años, así que verlo aquí ahora, a punto de ser coronado rey, es algo agridulce. Agrio porque Sharif no está aquí, pero dulce porque Zayed merece mucho más de lo que él cree –volvió a besarla en las mejillas y salió por la puerta.

Así que había una maldición. Y había sucedido algo terrible. Zayed había sufrido y su familia también, pero ¿por qué? ¿Qué había pasado?

–Mi señora –dijo Manar, entrando por la puerta del baño–, es hora de prepararse para la boda, faltan menos de dos horas.

La ceremonia fue breve y sencilla, ni religiosa, ni emotiva. Se celebró en el salón de recepciones del palacio. Fue una ceremonia esencialmente civil con quince testigos, la familia inmediata y unos cuantos jefes de estado, además de los invitados que participaron después en el banquete.

Zayed la sorprendió con otro vestido para la boda. No se lo llevó él personalmente, sino un miembro del personal de palacio. Era perfecto. Su diseño le recordaba a la moda de Hollywood de los años cuarenta y Manar supo qué hacer exactamente con su cabello.

La única joya que llevaba era el anillo y los pendientes de una sola perla.

La ceremonia acabó con la tradicional bendición del ministro de Justicia. Estaba casada.

Dedicó una nerviosa mirada a Zayed mientras se volvían hacia los invitados. Parecía tan calmado, tan fuerte… Se sorprendió por la compostura después de lo que le había contado la noche anterior. ¿Seguiría esa maldición pendiendo sobre su cabeza? ¿Qué habría hecho para ser la vergüenza de su familia? Debía de haber sido algo grave si seguían las habladurías tantos años después.

Sus miradas se encontraron y Zayed sonrió ligeramente, pero no hubo tiempo para las palabras porque rápidamente los rodearon los hijos de Jesslyn y Sharif.

Las felicitaciones continuaron durante la comida. Sentada a la cabecera de la mesa, Rou recorría con la mirada el salón un poco aturdida por la cantidad de hombres poderosos asistentes, hombres sin sus esposas.

–¿Qué pasa? –le preguntó Zayed con un susurro.

–Todos esos hombres... son tan famosos y poderosos. ¿Son todos jefes de estado?

–La mayoría sí.

–¿Por qué no han venido sus esposas?

–Han venido para la coronación y la boda, pero la coronación es sólo para hombres –la miró a los ojos–. Pero eso ya lo sabías, ¿no?

–No –frunció el ceño e inclinó la cabeza–. ¿No se me permite tampoco estar a mí?

–No, *habibati*, lo siento.

–Ah –lo miró y sonrió–. Seguro que es muy aburrido.

–Algunas veces las leyes son muy arcaicas. Lo siento.

–No importa –pero pudo ver en sus ojos que él se había dado cuenta de su decepción–. No me mires así –susurró–. No quiero demostrar mis afectos aquí delante de todo el mundo.

–Me gusta tu lado salvaje. Cuando eres apasionada, tus ojos arden.

Bajo la mesa, Rou le puso un pie encima de los suyos. Zayed juró en voz baja y ella lo miró.

–Que esto sea una advertencia: no me provoques.

–Tengo la sensación –dijo él con una sonrisa– de que eres hielo por fuera pero fuego por dentro.

Rou iba a decir algo, pero no pudo al ver su mirada. Una mirada de curiosidad, interés, deseo.

Sintió que le subía el calor al rostro, el mismo calor que le corría por las venas y que empezaba por su vientre desde donde se extendía a todo el cuerpo.

–Ya pienso en cuando estemos solos –dijo Zayed en una voz tan baja que sólo ella pudo oírlo–. No durará mucho, una hora a lo sumo. Y no te preocupes, lo haré despacio, no hay nada que temer.

–No tengo miedo –alzó la barbilla desafiante–. No es mi primera vez.

–¿No eres virgen?

–Tengo treinta años –notaba que le ardían las mejillas…

Zayed la miró a los ojos encantado por el color de las mejillas. Hacía mucho que no conocía a una mujer que se ruborizara.

–No hace falta que lo fhagas con cuidado –dijo ella con labios apretados–. Tenemos un trabajo que hacer, hagámoslo.

–¿Es ésa una nueva visión de hacer el amor?

–No estamos enamorados, así que no vamos a hacer el amor.

–¿Hay algún nombre científico que prefieras?

–Puedes llamarlo «sexo».

Y Zayed, que tenía demasiadas cosas en la cabeza y demasiado dolor en el corazón, sintió algo más en su pecho y no era pena o preocupación, sino una ligereza que hacía semanas no tenía.

Ella era divertida. Y nerviosa. Y tímida. Y perfecta.

Una hora después, se despedían de los invitados y se marchaban al ala de Zayed. Su suite y los muebles eran magníficos. Rou se quedó de pie en medio de la sala de estar. Al girar la cabeza vio una puerta abierta y, a través de ella, atisbó una enorme cama cubierta de terciopelo azul. Apartó la mirada, sabiendo exactamente lo que pasaría en un momento.

–¿Una copa de champán? –preguntó Zayed.

No había bebido nada durante la cena por cuestiones religiosas, pero una copa de champán le pareció perfecta en ese momento.

–Por favor –dijo, llevándose una mano al estómago para tranquilizarse.

–Siéntate –dijo él mientras sacaba el corcho.

Miró a su alrededor y se sentó en una silla. Zayed sonrió. Le llevó una copa.

–Salud –dijo ella.

–Por un largo y feliz matrimonio –dijo él.

–Por un largo y feliz matrimonio –dijo ella, ruborizándose y chocando su copa con la de él. Bebió un sorbo–. Está bueno.

–No sueles beber –dijo él, sentándose en el sofá de terciopelo azul y apoyando un brazo en el respaldo.

–No mucho, no.

–¿Por qué?

–Éste es tu hogar –señaló lo que los rodeaba–. El mío es un poco distinto.

–¿Quién bebía, tu padre o tu madre?

–Mi padre –sintió calor en las mejillas–. Mi madre prefería las pastillas.

–¿Y tú?

–Yo nada. Soy hija de adictos. Tengo otros problemas. Falta de confianza. Problemas con los vínculos. Necesidad de control –hizo una mueca–. Seguro que nada de esto es nuevo para ti. Has dedicado bastante tiempo a estudiarme.

–Jamás hablas de tus padres.

–Acabo de hacerlo.

–Tus padres eran muy famosos.

–Famosos por su falta de control –bebió otro sorbo y dejó la copa en la mesa.

–¿Por qué ocultas tu belleza? Eres tan guapa como tu madre, si no más. Y fue una gran belleza.

Rou tuvo que hacer un gran esfuerzo para seguir sentada. Deseó caminar, correr, huir.

–La belleza no vale para nada si es egoísta. Perjudicial.

–Tú no eres ninguna de las dos cosas.

–Porque he decidido no centrarme en lo externo. He comprometido mi vida en encontrar la belleza auténtica, la interior. Por eso trabajo para ayudar a la gente a encontrar la compatibilidad verdadera, las relaciones construidas sobre las necesidades y los valores compartidos.

–Si hubiera seguido tu sistema de emparejamiento –dijo tras un prolongado silencio–, ¿qué habría pasado tras el primer encuentro?

–Una segunda cita, una tercera... finalmente el amor.

–Pippa me dijo que tenías normas para las citas, incluidas normas sobre el sexo.

–Creo que tienes demasiado sexo en la cabeza –dijo cortante, apretando las manos.

–Mentiría si dijera que no –soltó una carcajada–. Eres increíblemente hermosa además de intrigante. ¿Te molesta que desee estar contigo?

Rou tragó con dificultad y cruzó las piernas. Cambió de tema.

–Pippa tenía razón. Animo a mis clientes a no acostarse en las cinco primeras citas. Después de esas cinco, depende de ellos.

–¿Por qué cinco y por qué esa norma?

–El sexo cambia las relaciones, particularmente para las mujeres. La mayoría de las mujeres se sienten implicadas emocionalmente después de hacer el amor. Los hombres no interiorizan el sexo del mismo modo.

–¿Crees que cambiará lo que sientes por mí por el sexo? –preguntó con tranquilidad.

–No... no lo sé. Lo dudo.

–¿Por qué?

–Nunca me he sentido más unida a un hombre después del sexo –ahí estaba, lo había dicho. Se encogió de hombros para disimular su incomodidad y esperó a que él dijera algo, pero no lo hizo. Se limitó a mirarla con esos intensos ojos–. Seguramente no soy la mujer más experimentada del mundo –continuó–, pero al mismo tiempo sé lo bastante como para saber cómo respondo... y... –de pronto el coraje se le terminó, no encontraba las palabras para decir que en la cama no sentía nada. Era un defecto suyo al que había decidido no prestarle atención. Pero temía decepcionarle–. ¿Siempre te acuestas con una mujer en tu primera cita? –preguntó bruscamente.

–¿Siempre? –pareció desconcertado–. Raramente me acuesto con las mujeres en la primera cita. No es mi estilo.

–¿Por qué? Los hombres quieren sexo...

–Y las mujeres, pero casi siempre es mejor conocerse un poco más, ¿no te parece? –se levantó del sofá y se acercó a donde estaba ella. La sorprendió al levantarla de la silla, sentarse él y después sentarla en su regazo–. Así mucho mejor. Es difícil hablar de sexo estando separados.

Rou se puso rígida y miró la habitación. Su regazo era duro y el calor de su cuerpo atravesaba su vestido.

–¿Qué problema hay? –preguntó él entre risas.

–Es que... –lo miró por debajo de las pestañas– estamos terriblemente cerca.

–Vamos a estar más cerca, *habibati* –respondió en tono grave.

Zayed estaba disfrutando. Rou apretó los puños para que no le temblaran las manos.

–Quizá deberíamos hacerlo rápido –sugirió sin aliento.

Sintió que la risa vibraba en el pecho de él y después llegaba a sus labios. Siempre estaba guapo, pero la risa le iluminaba los ojos y parecía un ángel entre mortales. ¿Cómo podía una mujer resistirse a un hombre así? No podía dejar de mirarlo. No era justo que ningún hombre tuviera un rostro así. Se moría de ganas de recorrerlo con los dedos.

—Tu expresión no tiene precio —murmuró él mientras ella seguía mirándolo.

—¿Sí?

—Ajá. Parece como si estuvieras decidiendo si me amas o me odias.

—Puedo asegurarle que lo detesto, su Alteza.

Zayed tuvo la impertinencia de echarse a reír.

Capítulo 9

LA risa dejó paso a una sonrisa que trató de reprimir.

–Eso es lo que dices con los labios, *habibati*, pero tu cuerpo dice otra cosa.

–¿Mi cuerpo dice otra cosa? –se sentó más derecha.

–Ajá –le acarició la espalda–. A tu cuerpo le gusta estar cerca de mí y a mí me encanta.

–Te equivocas.

–¿Sí? –la giró sobre su regazo de modo que lo mirara a los ojos.

–Sí –sintió que le latía el pulso en la base del cuello.

Zayed se limitó a sonreír y le acarició el borde de la mandíbula hasta llegar a la oreja. Rou notó que se estremecía de placer. No era una caricia muy sexual y aun así estaba derritiéndose. Le acarició la nuca un segundo y eso sí fue puro placer. Entrecerró los ojos y se sintió tentada de entregarse a la sensación, de apoyarse en él y relajarse.

Pero ella nunca se apoyaba en nadie. Era cierto lo que decía: tenía problemas de confianza y control y la última persona en la que confiaría sería en un hombre. Aunque fuera su marido.

Pero Zayed no tenía prisa y parecía disfrutar tanto de tocarla como ella de que la tocara. Después de un rato acariciándole los hombros y el cuello, la tensión empezó a aflojar. Se estaba relajando…

Se sentía tan bien… Se sentía malcriada, decadente, como un gato al sol. Mientras una de sus manos le acariciaba la espalda, la otra empezó a soltarle el pelo. Aun así no se quedó contento con eso. Le pasó los dedos por el cabello para extendérselo por los hombros y la espalda.

–Eres una mujer realmente guapa, princesa Fehr.

–¿Princesa?

–Eres mi esposa, mi consorte y al final del día serás reina.

–No puedo pensar en alguien menos real que yo.

–Entonces tendrás que mirarte a través de mis ojos –bajó la cabeza y la besó en el cuello justo debajo de la mandíbula.

Después la besó una poco más abajo y siguió hasta llegar al lóbulo de la oreja, después clavó suavemente los dientes en el lóbulo enviando una oleada de chispas de fuego a todo su cuerpo. Se mordió el labio para reprimir un gemido.

Le acarició el cuello debajo de la barbilla descubriendo con sus pulgares terminaciones nerviosas que no sabía que tenía. Cada caricia incrementaba la tensión y el placer.

–Se te da terriblemente bien hacer esto –dijo ella mientras él seguía besándola en el cuello.

–Tienes un cuerpo que responde deliciosamente –dijo antes de morderle en el hombro.

Rou gimió y se estremeció.

–¿Estás seguro? –preguntó, asumiendo que había perdido el control de su cuerpo.

–Ajá, completamente seguro –respondió con voz ronca.

Después, la besó en la nuca mientras sus manos se detenían en los botones de la espalda del vestido y empezaron a desabrocharlos uno a uno hasta que pudo deslizar la suave tela por los hombros y los brazos y descubrir su cuerpo.

Se sintió desnuda sólo con el sujetador y se volvió contra el pecho de él ocultando el rostro en el hueco de su hombro.

–No seas tímida –murmuró él.

–No puedo evitarlo.

–Entonces déjame ayudarte –la movió en su regazo para separarla de él.

La colocó de espaldas a él, le levantó el cabello y empezó a besarla en la espalda bajando hasta llegar a la cinta del sujetador que desabrochó y le quitó haciendo que el aire rozara su piel desnuda y con ello que los pechos le resultaran extrañamente pesados, como si no fueran suyos.

Quería de él algo, algo que diera respuesta al latido de sus venas, pero no sabía lo que era. ¿Más besos? ¿Más caricias? ¿Más qué?

Y entonces sus manos envolvieron sus pechos y ella cerró los ojos conmocionada por la sensación. Su cuerpo no parecía su cuerpo. Aquella sensación no se parecía a nada que hubiera sentido hasta entonces y, cerrando los ojos, se entregó a ese seductor placer. Con los labios abiertos, se descubrió arqueándose entre sus manos, entregándose a lo que él podía darle.

Y se lo dio, haciendo que dentro de ella se encendiera un incendio. Los pezones se habían convertido en dolorosas puntas mientras apretaba los dientes deseando desesperadamente que los acariciara.

Agarrándola por debajo de los pechos, con los pulgares pellizcando los pezones, la colocó en sus piernas con las suyas un poco más abiertas para que notara su erección.

Notó su dureza y su calor y esa fricción se convirtió en un nuevo tormento.

Rou se mordió el labio inferior sin piedad mientras se balanceaba encima de él sintiendo su duro sexo en la parte más sensible de su cuerpo. Era lascivo, impactante, enloquecedor y no habría podido pedirle que parase aunque hubiera querido. Era un placer más allá de lo que conocía y de algún modo se lo esperaba, de algún modo había sabido que sería así, sensual y erótico.

Zayed bajó las manos hasta las caderas donde encontró la cremallera de la falda que abrió rápidamente y con un ligero tirón la falda se deslizó por sus piernas haciendo que pudiera separar más los muslos con lo que notó aún más su erección. La fina seda de las braguitas era inútil para detener su empuje y notó que se humedecía más, se excitaba más.

Mientras la sujetaba con un brazo por debajo de los pechos empezó a acariciarla con la otra mano, primero a través de la empapada seda y después, mientras ella apretaba la mandíbula gimiendo de placer, bajo la seda, separando con los dedos los delicados pliegues y alcanzando el sensible capullo que ocultaban. Un roce de sus dedos y se retorció salvajemente. Otro roce y sintió que le ardían los ojos mientras su cuerpo ansiaba que la poseyera.

Cuando deslizó un dedo dentro de ella, ya estaba desesperada por él. Se echó hacia atrás y, agarrándolo de las caderas, dijo jadeando:

—Será mejor que termines lo que has empezado, y rápido.

Con un gruñido, la levantó y se desnudó. Cuando se dio cuenta, ella volvía a estar en su regazo, pero de cara a él. Rou sintió pánico y dijo:

—No puede ser así. No puedo estar encima...

—Sí, puedes. Y puedes mirarme porque necesitas ver lo que provocas en mí.

Entonces, le agarró la cara con las dos manos y la besó con fuerza, tomando posesión de su boca como si fuera suya. Tuvo miedo del poder que tenía sobre ella. Estaba en sus manos.

Levantándola se deslizó dentro de ella despacio, muy despacio. Rou gimió conmocionada por la sensación de plenitud. No estaba acostumbrada a ser parte de nadie.

—Tranquila —murmuró contra su boca sujetándola de las nalgas.

Pero ella sacudió la cabeza, le pasó los brazos por los hombros y enterró su rostro en él.

—No puedo, no puedo, no puedo. No sé cómo hacerlo.

—Soy yo, *habibati.*

—Eso es lo que me da miedo —cerró los ojos con más fuerza.

—¿Tienes miedo de mí?

A pesar del pánico, notó la duda en la voz de él y la sombra de la tristeza. No quería herirlo.

—No de ti. Sólo de amarte.

No se movió, ni siquiera estaba segura de que respirara.

—Alguien tendrá que quererme —dijo después de un interminable silencio.

Rou sintió que se le paraba el corazón y que las lágrimas que trataba de contener se desbordaban. Lo miró a los ojos. Era tan hermoso, y la expresión de sus ojos de tal soledad...

—Déjame intentarlo entonces —dijo ella dejando caer las lágrimas—. Déjame ser quien lo intente —y lo besó del modo como él la había besado.

Él, ese hermoso hombre, la necesitaba, y ella lo necesitaba a él. Y su corazón se abrió y se permitió sentir algo más que miedo. Y mientras su corazón se abría, su cuerpo se abrió también a él recibiéndolo dentro, uniéndose a él, haciéndose uno.

No cabalgó sobre él, se movieron juntos, con las manos de él en sus caderas, sus labios en los de él. Enterró los dedos en su cabello, aplastó los pechos

contra su pecho sintiendo como la tensión se volvía
enloquecedora. El placer crecía, se intensificaba, la
sensación de sus cuerpos lo era todo. Sentía el corazón desbocado, el cuerpo ardiendo, cada terminación
nerviosa en tensión y la mente cerrada a todo lo que
no fuera la intensa presión que crecía dentro de ella,
despiadada, sin descanso, hasta que no pudo más y explotó en una tormenta de sensaciones.

Débilmente, Rou fue consciente del cuerpo de Zayed, que se tensaba. Débilmente, notó su liberación.
Débilmente porque jamás había sentido nada como
ese orgasmo, nunca había llegado al clímax y era increíble, indescriptible.

Exhausta se apoyó en él, los cuerpos calientes, em-
papados, estremeciéndose aún de placer.

Se quedaron así sentados unos minutos, hasta que
él la levantó y la llevó en brazos al dormitorio, donde
apartó la colcha y la dejó en las frías sábanas para
echarse a su lado.

–¿Ahora qué? –preguntó ella.

–A dormir –la rodeó con un brazo y la atrajo contra él.

Él se durmió y ella lo hizo a los pocos minutos.

No sabía cuánto había dormido, pero cuando se
despertó estaba sola. Empujó un poco la puerta y miró
la sala de estar. Estaba vacía, la ropa pulcramente do-
blada sobre una mesa. Se dirigió al cuarto de baño
para ver si él estaba allí.

Estaba vacío, pero aún se notaba la humedad de la
ducha y el aroma de la loción de afeitar. Miró a su alrededor y vio las toallas usadas que colgaban de una
percha de la puerta.

Con el deber cumplido, pensó sarcástica, ya podía
ir a que lo coronaran rey.

Y aunque sabía que estaba siendo mezquina, sintió
dolor. Había disfrutado de lo que había pasado entre

ellos y aún estaba un poco conmocionada. Lo había deseado, y él había respondido a su deseo sin dudarlo.

Pero en ese momento, sola, se sentía vacía. Y asustada. Cuando habían hecho el amor le había entregado más que su cuerpo, le había entregado su corazón.

Sería muy fácil hacerle daño en adelante.

Notó un movimiento y se volvió. Vio su imagen en el espejo. ¿Quién era esa rubia? ¿Quién tenía ese aspecto? Todo suavidad y pasión, fuego y deseo.

Se miró largamente y después en un susurro dijo:

–Soy yo.

Pero su vulnerabilidad le daba miedo, su suavidad la asustaba. Se metió en la ducha y puso el agua todo lo fría que pudo soportar. Se lavó el pelo, se frotó el cuerpo sin piedad, particularmente la suave piel de entre las piernas. Le castañeteaban los dientes cuando acabó. Se había quitado el calor y la ternura, enfriado la pasión y el deseo.

Salió de la ducha y se envolvió en una toalla y volvió a mirarse en el espejo.

Ojos entreabiertos, labios firmes, expresión serena. Nada de fuego, nada de deseo, nada que pudiese usarse contra ella. Bien. Ésa era la mujer que conocía, la que tenía que ser.

Aún envuelta en la toalla fue a la sala de estar a por su ropa y vio la bolsa que colgaba del respaldo de una silla.

Le habían enviado su ropa allí. ¿Se suponía que tenía que esperar a Zayed?

Esa idea hizo que volviera la vulnerabilidad. Sacó de la bolsa un vestido blanco y rosa de algodón. No le gustaba el rosa, pero le serviría para volver a su suite.

Era tarde cuando Zayed fue a buscarla. Apenas lo vio mientras bajaba los escalones, demasiado concentrada en el correo electrónico.

–Estás enfadada –dijo caminando hacia ella.

–No enfadada, ocupada –dijo sin mirarlo–. He olvidado a mis clientes mientras estaba aquí.

–He oído que no has querido cenar.

–No tenía hambre.

–No puedo creerlo.

–Quizá no quería sentirme como un plato más una bandeja –lo miró por fin.

–¿Te sientes abandonada, amor mío?

–Abandonada no, sólo atrapada.

Se sentó en el sofá al lado de ella. Al mirar sus piernas, Rou recordó que había estado encima a horcajadas. Miró al ordenador para apartar de su mente esos pensamientos.

–¿Se supone que el ordenador es para intimidarme?

–Quizá debería tirártelo a la cabeza.

–Creo que no me conoces.

–Creo que sí.

No quería hacer eso, realmente no quería. Era tarde y tenía hambre y estaba enfadada. Esa tarde podía no haber significado nada para él, pero para ella había sido un terremoto.

–¿Vas a hacer de esto un juego de pistas o vas a decirme por qué estás enfadada? –preguntó, cerrando el ordenador y poniéndolo en la mesa.

–Me has abandonado.

–Estabas dormida.

–Te has marchado y ya está.

–Tenía la coronación.

–¿No podías despertarme para despedirte, dejarme una nota?

–Iba a volver.

–Has estado fuera siete horas.

–Tenía la coronación.

–¡Lo sé! –agarró un cojín y lo rodeó con los brazos–. Lo sé. Tienes el juego completo: boda, consumación y rey. Un gran día para ti.

–Sí –su expresión se endureció–, un gran día, un largo día. ¿Es necesaria esta escena? Es algo que haría mi madre.

Algo que haría su madre, su madre con la que no se había relacionado en años.

Cerró los ojos y giró la cabeza como si hubiera recibido un puñetazo.

–Me disculpo por la escena –dijo cuando estuvo segura de que le saldría la voz–. Como has dicho ha sido un largo día.

–Vamos a dormir un poco. Mañana será otro día.

–Tienes razón –sonrió sin convicción.

–Vamos –le tendió una mano.

–Creo que prefiero dormir aquí –miró primero la mano y después a los ojos–, en mi habitación.

–Sola.

–Sí –tragó saliva–. Si no te importa.

–Si no me importa –dio un paso atrás–. Si no me importa –repitió con tono casi de burla–. Es nuestra noche de bodas, Rou.

–Lo sé –dijo con un nudo en la garganta y lágrimas en los ojos.

–¿Entonces qué? ¿No vamos a estar juntos? ¿Vamos a vivir separados?

–Pero si no estamos juntos. Nunca hemos estado juntos. Nos hemos acostado, pero no tenemos ninguna relación. Ni siquiera sé por qué quieres que duerma en tu habitación. ¿Qué soy para ti, Zayed?

–Mi esposa.

–Sólo de nombre –dijo con voz apenas audible.

–Pero no es sólo de nombre. He jurado protegerte, honrarte, anteponerte a las demás mujeres el resto de mi vida. ¿Qué más quieres?

Amor, deseó decir. Amistad. Respeto. Pero no lo dijo, se sentía tan horrorizada como su madre cuando sus padres discutían. Su emocionalmente frágil madre con todas esas necesidades que su padre ridiculizaba. Patética, débil.

Parpadeó, tratando de quitarse de los ojos la sensación de arenilla, pero no lo consiguió.

Ella no era débil y las emociones no eran malas y tenía que encontrar el modo de llegar a él, de encontrar palabras que él comprendiera.

«Piensa, piensa», pero le ardía el pecho y le dolía la cabeza y todo daba vueltas. Era imposible pensar con claridad. Si le diera un poco de tiempo... Si él se diera cuenta de que no era histerismo, sino auténtico miedo. Que jamás había permitido a nadie acercarse a ella, jamás se había abierto, nunca había comunicado sentimientos. Pero se daba cuenta de que él no comprendía.

Rou alzó una mano hacia la de él deseando que se sentara a su lado y se pudieran calmar.

–Quería una mujer fuerte por una razón, Rou. No hago dramas, no hago escenas. No puedo –se dirigió a las escaleras que subió de dos en dos.

«Pídele que se quede, pídeselo. ¡Pídeselo! Ruega como hacía tu madre.»

Pedir las cosas a veces funcionaba. Pero no podía rogar y no podía hablar.

–Quizá podamos volver a intentarlo mañana –dijo él desde arriba de las escaleras. Ella asintió con lágrimas en los ojos–. Buenas noches, Rou.

Se marchó y ella abrazó el almohadón con más fuerza. Ésa era exactamente la situación que había temido. Hombres que se marchaban y mujeres que lloraban. Era otra vez la historia de sus padres.

Lloró como si se le hubiera roto el corazón y quizá había sido así. Acababa de comprender que no era mejor que sus padres y que, si no tenía cuidado, acabaría tan mal como ellos.

Capítulo 10

ESPERÓ a Zayed toda la mañana y ni apareció ni preguntó por ella, y cuanto más tiempo pasaba, más duro se hacía esperar. No le gustaba la tensión, odiaba sentirse mal, los nervios en el estómago.

Después de una noche sin dormir, sabía que se había comportado mal. Sí, la había dejado sola siete horas. Sí, la había dejado sin decirle nada, pero en su defensa había que decir que tenía muchas cosas en la cabeza, una enorme responsabilidad. Ella más que nadie debería haber sabido lo estresante que era su vida en ese momento.

Quería disculparse. Quería volver al momento en que le había abierto el corazón y volverlo a intentar. No era un mal hombre, no era deshonesto. No le había prometido nada que no pudiera darle.

Llegó la tarde y seguía sin noticias de él. Justo cuando estaba pensando en ir a buscarlo apareció en la sala de estar con la túnica blanca. Parecía tan cansado como ella.

–Hola –dijo Rou, levantándose de la mesa donde había estado respondiendo a los mensajes de las mujeres que estaban ansiosas por conocer a Zayed.

–¿Interrumpo? –preguntó él, señalando al ordenador.

–No, acabo de terminar –sonrió, ignorando los nervios–. ¿Qué tal el día?

–Ocupado. He estado encerrado con mi nuevo gabinete toda la mañana y después con Jesslyn y Khalid hablando del funeral de Sharif.

–Siento lo de anoche –dijo ella–. Me equivoqué –se ruborizó sintiendo vergüenza por lo de la noche anterior–. Fui egoísta y no tuve tacto...

–Eras una recién casada a la que han dejado sola durante horas el día de su boda. Eso no puede sentar muy bien.

Rou reconoció que Zayed estaba tratando de llegar a un punto medio y sintió alivió, un alivio tan dulce, que suspiró y la tensión de sus hombros se aflojó.

–Estaba más molesta por perderme la coronación. Realmente quería ir. Sé que es sólo para hombres, pero aun así me importas y quería ser parte de ello de algún modo.

–No sabía que, tras la ceremonia, había una cena formal. Debería haberlo sabido, estuve en la de Sharif. La cena duró horas, al menos debería haberte mandado un mensaje, lo siento.

–Está bien –respondió, aliviada–. Todo esto es nuevo para los dos y tienes que estar abrumado.

–Pero si es mi casa, mi familia. He olvidado lo poco que sabías de nuestras costumbres. Sin embargo, me gustaría arreglarlo. Vamos a cenar fuera esta noche. Hay un lugar pequeño y discreto en la ciudad que me gusta mucho y así saldríamos del palacio.

–Sí, por favor. Tengo curiosidad por ver qué hay fuera de estos muros.

–Nos reunimos aquí a las siete, ¿de acuerdo?

–De acuerdo. Estaré lista.

Estaba lista y vestida a las seis y media. Manar la ayudó a vestirse con un vestido naranja y rosa decorado con pedrería en el cuello. Se puso además unos largos pendientes. Manar insistió en que se dejara el pelo suelto, se lo planchó para que le brillara más.

La sonrisa de Zayed hizo que valiera la pena el esfuerzo, pensó Rou al ver su gesto al entrar en la habitación a las siete en punto vestido con un traje negro y camisa blanca.

–Estás muy guapa –dijo él.

–Supongo que sí me gustan algunas cosas rosas –se ruborizó.

–Bueno, te queda bien –sonrió y le ofreció un brazo–. ¿Vamos?

–Sí, por favor.

Fuera, los esperaba el conductor al volante de un Mercedes negro con los cristales tintados. El suave cuero del asiento cedió ligeramente cuando Zayed se sentó a su lado. El pulso se le aceleró por su proximidad. Estaba tan cerca, que sus piernas se rozaban. ¿Habían pasado tan pocos días desde su anterior viaje en coche? ¡Cómo habían cambiado las cosas!

–¿Incómoda? –le preguntó Zayed cuando el coche se puso en marcha.

–No, sólo emocionada –miró las palmeras por la ventanilla–. Llevo aquí unos días y sé muy poco de tu país. Tendrás que contarme algo para que la gente no piense que te has casado con una ignorante.

–No eres una ignorante –sonrió–. Y supongo que Sharif te hablaría del país.

–No –sacudió los hombros–. Jamás hablaba de él. De hecho, ni siquiera supe quién era durante años. Lo averigüé cuando leí un artículo sobre su coronación en la revista *Hola*.

–Y aun así lo llamabas mentor.

–Fue muy bueno conmigo. Era como un hermano mayor, una especie de hada madrina. Lo único que me pidió fue que diera a los demás todo lo que pudiera.

–Bueno, te has casado conmigo.

–No ha sido altruista. Ya te dije el precio.

–Toda novia real tiene un precio. Y el tuyo ha sido muy razonable.

–¿Lo dices en serio?

–La primera mujer de Sharif, Zulima, costó veinte millones de dólares. Mi padre no estaba muy convencido, pero mi madre insistió en que era la esposa ideal.

–¿Lo fue?

–No. Sharif ya estaba enamorado de Jesslyn, pero mi madre no lo aceptaba. A espaldas de Sharif, habló con Jesslyn y le dijo que hiciera el equipaje. Seis meses después, estaba casado con Zulima y, a pesar de sus tres hijas, no fue un matrimonio feliz. Sharif seguía amando a Jesslyn.

–Pero al final volvieron a encontrarse.

–No lo han disfrutado mucho –dijo tras un silencio–. Después de nueve años de separación, deberían haber tenido más tiempo.

–Seguramente será un consuelo escaso, pero al menos su amor tendrá continuidad. Tuvieron al príncipe Tahir y es un niño increíble. Listo, guapo, travieso. Será un gran consuelo para Jesslyn en la vejez.

–Para todos nosotros –añadió Zayed, volviéndose a mirarla–. En la ceremonia de anoche, prometí proteger a mi sobrino y a mi país hasta que Tahir tenga edad para ocupar el trono. Me sentí honrado por tener a tantos amigos y vecinos ofreciéndome su apoyo y comprometiéndose a proteger a mi sobrino como si fuera suyo –la voz de Zayed se hizo más áspera–. Todos prometieron proteger al joven Tahir hasta que tenga edad para gobernar. Su lealtad es prueba de sus sentimientos hacia mi hermano.

–Era muy querido y estaría muy agradecido de que hayas vuelto a casa para ocupar su lugar.

–Gracias, pero se supone que lo de hoy es una celebración por nuestra boa, no para hablar de mi familia.

–Pero sí quiero saber cosas de tu familia. Quiero saber todo lo que pueda.

–Entonces deja que te hable de Sarq y de Isi –sonrió.

Durante unos minutos, le habló de su país, de sus recursos turísticos por la proximidad al Mar de Arabia y a Dubai y después de sus propias inversiones en centros turísticos en la costa.

–Yo fui parte de ese crecimiento de la construcción, pero empiezo a creer que fue un error –siguió Zayed–. Mi padre inició la política y Sharif la siguió, pero creo que se equivocó, debería haber limitado el crecimiento.

–Debe de haber sido difícil decirte que no.

–Ciertamente no se lo puse fácil y Khalid y yo hemos tenido bastantes discusiones sobre cuestiones medioambientales. Pensaba que Khalid era ridículo, pero ahora creo que tenía razón. Aborrezco pensar que mis hijos pueden crecer en un país sin vida salvaje, sin paisajes y animales que yo conocí de niño.

Un momento después, el vehículo se detuvo frente a un edificio de aspecto residencial.

–Pensaba que íbamos a cenar a un restaurante –dijo Rou, mirando por la ventanilla.

–A eso vamos, espera y verás.

Salieron a la calle y subieron tres escalones hasta una elegante puerta. Llamaron y se abrió silencio.

–Rey Fehr, bienvenido –dijo un hombre de traje oscuro–. Tengo una mesa esperando.

–¿Dónde estamos? –susurró Rou.

–Es un club privado muy exclusivo.

–Tan exclusivo que no hay nadie.

–Ser miembro es muy caro –reconoció–, pero la gente está encantada de pagar si se asegura su privacidad y seguridad –hizo una mueca.

–Eres el dueño del club, ¿verdad? Y de veinte más en todo el mundo.

–¿Cómo lo sabes? –la miró sorprendido.

–He estado mirando en Internet esta mañana tu red de empresas –le devolvió la mirada–. Pensaba que tendría que saber todo lo posible sobre mi marido.

–Chica lista –dijo con una suave risa.

Atravesaron una sala de sofás y mesas bajas iluminadas con velas.

Llegaron a un comedor en el que había mesas de seis a ocho cubiertos.

–Prácticamente tenemos el restaurante para nosotros solos –dijo Rou mientras se sentaban.

–Un lujo por el que me siento muy agradecido hoy.

–Esto es un gran cambio para ti, ¿no?

–Es un cargo que, desde luego, no quería, ni siquiera de pequeño. Mi padre dejó muy claro que era un trabajo que te consumía y, aunque Sharif jamás se quejó, hacía que los hermanos menores nos sintiéramos culpables al ver la enorme carga que llevaba.

–Echas de menos tu vida anterior...

–Me encantaba vivir en Montecarlo y tener casa en Londres y Nueva York. Me gustan los negocios y viajar. Pero creo que me gustaba aún más ver a mi familia segura. Ahora me doy cuenta de que era una ilusión, pero pensaba que, manteniéndome lejos, los mantenía a salvo –sonrió amargamente–. Echaré de menos ese pensamiento más que mi libertad en Montecarlo. Ahora sé que nadie está seguro.

–La vida no es segura –dijo con suavidad–, pero el que no lo sea no significa que esté maldita.

–No, estoy maldito. Sé el momento en que ocurrió. Incluso mi familia te lo dirá.

–Jesslyn me dijo algo –admitió.

–¿Cuándo?

–La mañana de la boda. Vino a mi habitación con un regalo y, cuando se iba, me dijo que no escuchara las habladurías sobre la maldición –lo miró incapaz de disimular su preocupación–. Entendí por lo poco que dijo que sucedió algo en tu pasado. No entró en detalles y yo no pregunté, pero me gustaría saber qué es esa oscura nube.

–Es más que una oscura nube. Ha vuelto a golpear: ha matado a Sharif.

–Jesslyn me dijo que Sharif no creía en la maldición.

–De acuerdo, no creía, pero ¿dónde está ahora?

–Cuéntame qué pasó, por favor.

–Es una historia terrible, sobre todo para una noche romántica.

–Pero tenemos tiempo y nadie nos interrumpirá.

–Puede que cambie lo que sientes por mí.

–Quizá para mejor.

–¿Eso ha sido un chiste, doctora Tornell?

–De los malos.

–Bueno, me ha gustado. El buen humor es esencial cuando las cosas se ponen difíciles –movió una mano por encima de la mesa y acarició la de ella–. ¿De verdad quieres saberlo?

–Sí.

–Te contaré la versión abreviada. Es lo más que puedo esta noche –miró el infinito y sacudió la cabeza–. Me enamoré de la mujer de un vecino. Yo tenía diecisiete años, ella veinticuatro. Era preciosa, elegante, amable y encantadora. Cuando se reía, pensaba que era el sonido más hermoso del mundo –hizo una pausa y miró su mano en la mesa–. Nur era de Dubai, una princesa, y su matrimonio había sido arreglado. Su marido no era un amigo íntimo de mis padres, más bien un conocido y los veíamos varias veces al año. Yo jamás me quedaba solo con ella, sólo me encontraba con ella en las carreras de caballos, fiestas, cenas formales, cosas así –Rou lo miraba sin pestañear–. Le dije lo que sentía. La amaba. La amaba como no había amado a nadie. Sabía que estaba casada, pero la quería para mí –alzó la vista y la miró a los ojos–. Nunca me acosté con ella, ni siquiera la besé. No hubo contacto físico, nada más que mi declarado amor... –su voz se desvaneció y apretó los puños–. Y entonces desapareció. Se fue. Durante un par de semanas, nadie supo qué había pasado. Y después llegaron noticias de que estaba muerta. Su marido, sospechando su infidelidad, la había matado –entornó los ojos con un dolor visible–. Habría dado la vida por ella. No quería otra cosa que amarla. Y mi amor, mi estupidez, mi impulsividad y arrogancia la mató. La había lapidado por mi falta de autocontrol.

Rou se llevó las manos al pecho, no podía hablar. No podía. Se había enfrentado a tragedias y culpa en su práctica clínica, pero esa clase de culpa destruía a un hombre.

–Ella era inocente –añadió con tranquilidad–. Me veía como un hermano pequeño. Me trataba amablemente y sí, me dedicaba sonrisas que me aturdían, pero era porque le hacía gracia. Aún pienso en ella algunas veces, en su día final... sus horas finales. Imagino su terror. Casi puedo sentir su dolor.

–Pero si ni siquiera la tocaste... si no te acostaste con ella... –susurró a modo de pregunta.

–Era un asunto de vergüenza. *Hshuma* –dijo usando el término en árabe–. Es un concepto que no existe en Occidente. Vosotros tenéis culpa y nosotros *hshuma*, y significa que otros saben que has hecho mal y ése es el peor pecado. Uno debe expiar su culpa, arreglar las cosas, y la forma de hacerlo es destruyendo lo que ha provocado la vergüenza. Si tu ojo ha pecado, te sacas el ojo. Si la mano ha pecado, se corta la mano.

–¿Y si la esposa ha pecado?

–La matas –dijo con una sonrisa de horror.

Sabía que era sarcasmo, pero Rou sintió un escalofrío.

–Su marido y su familia sentían que actuaban adecuadamente –continuó–. Pero yo no pagué ningún precio, así que fui maldecido.

–Pero claro que pagaste un precio –dijo con suavidad–. Perdiste a la persona que más amabas. No hay un precio mayor.

–Hay muchos que creen que no es suficiente. Nuestro vecino, el jeque, exigió a mi padre que me declarara responsable. Mi padre se negó a condenarme a muerte. En lugar de eso, me mandó a estudiar a Inglaterra. La gente cree que la negativa de mi padre nos maldijo. Por eso las muertes de mis hermanas, mi padre y ahora Sharif.

Por fin tenía la explicación de por qué Zayed evitaba los vínculos y que las relaciones se hicieran serias. Por eso no se casaba por amor, no le había ofrecido su corazón, no podía. Seguía enamorado de Nur.

–Lo siento mucho –dijo, pensando que las palabras resultarían patéticas–. Lo siento por todos...

–No lo sientas por mí –interrumpió–. Me merezco todos los castigos, pero mi familia, especialmente mis hermanas, mi hermano... eran inocentes, lo mismo que Nur.

–¿Qué pasa si no es una maldición? ¿Qué pasa si sólo es mala suerte?

–Otra expresión occidental para el destino, el *karma*.

–Sí, hay causas y efectos, pero nadie en tu familia cree que tú tengas que ver con lo que ha pasado.

–Pero lo creo yo y eso es suficiente.

En ese momento, encajaron todas las piezas para Rou. Lo vio claro. No era frío y arrogante, no era egoísta. Era un hombre solitario, atormentado por su pasado, temeroso de hacer daño a quien amaba. Por eso se alejaba de todo el mundo. Estaba tan herido como ella.

Sintió que le dolía el pecho y se dio cuenta de que,

poco a poco, se estaba enamorando de él. De un hombre que jamás le correspondería.

Mientras se acercaba el camarero se dijo que no necesitaba su amor. Se dijo que su compañía sería suficiente. Quizá el respeto y los objetivos comunes bastarían.

Zayed necesitaba una esposa y ella hallaría la forma de serlo.

–Vamos a cenar y marchémonos –dijo ella con suavidad–. Volvamos al palacio para estar en silencio y sin pensar. No pensar en maldiciones ni muertes, esta noche no. Ya habrá tiempo mañana.

Capítulo 11

AL volver al palacio se retiraron al ala de Zayed. Su dormitorio estaba iluminado por el ligero brillo de las velas y olía a sándalo.

–Es precioso –dijo Rou, contemplando las velas.

–Creo que mi ayuda de cámara está decidido a ayudarme en el tema del romanticismo –dijo irónico–. Se preocupó anoche al ver que no dormimos juntos.

–¿Te lo dijo? –dejó el bolso en el sofá azul.

–No, pero me hizo preguntas indirectas para transmitirme su preocupación y deseo de ayudar.

–Entiendo que no le has pedido ninguna ayuda.

–No –afirmó, acercándose a ella.

El pulso de Rou se disparó. La rodeó por la cintura y la atrajo contra él. La reacción que desencadenó en su cuerpo fue alarmante. Como lo era toda la relación. Aún no podía creer que estuvieran juntos... casados... todavía no sabía cómo reconciliarse con el concepto de vida de casada.

Zayed bajó la cabeza y, rozándole la oreja con los labios, dijo:

–Puedo ver los engranajes dando vueltas, doctora. Vives en un estado de análisis constante.

–Me gusta usar el cerebro.

–Es un cerebro excelente, pero también tu cuerpo lo es.

–Quizá deberíamos dedicar un poco más de tiempo a conocernos antes de empezar a conocer los cuerpos.

–¿Podemos hacer las dos cosas a la vez? –la besó en el cuello.

¿Cómo un solo beso en el cuello podía hacerla tan débil? No era justo que él pareciera saber dónde estaba cada terminación nerviosa de su cuerpo.

–No es tan efectivo. El cuerpo es más fácil de gratificar.

–No sé de eso –la besó en la mandíbula–. Eres un reto, mi querida doctora.

«Si supiera la verdad», pensó ella mientras la seguía besando y el torbellino de deseo se hacía más caliente y urgente.

Siempre había sido guapo, pero esos días era algo más que un hombre físicamente atractivo. Tocaba algo más profundo dentro de ella, una parte de ella que nadie había tocado. Era dulce y amargo a la vez saber que él tenía ese poder.

¿Qué pasaba si se enamoraba de él como Angela?

Respiraba entrecortadamente mientras le besaba la comisura de los labios y sus manos le recorrían la espalda. Le estaba haciendo recordar necesidades y emociones, haciéndole querer esas necesidades y emociones, y eso que sólo le había prometido respeto y protección. Pero serían fríos compañeros de cama.

«Ten cuidado», decía una vocecita, «estás muy cerca del desastre, cerca de la destrucción total».

El instinto de conservación la hizo volver en sí y disipar la niebla del deseo. No podía permitirse entregarle todo el poder. Tenían que ser iguales. Era la única forma de que la relación sobreviviera. Se apartó de él para poder pensar.

–Es tarde –dijo con la esperanza de resultar convincente–. Debería volver a mi cuarto.

–Pero ahora éstas son nuestras habitaciones. Han traído todo aquí y esa ala está cerrada otra vez.

–¿Por eso me has llevado fuera a cenar? –dio un

paso atrás–. ¿Para que el servicio pudiera cambiar mis cosas de sitio sin que protestara?

–*Habibati*, estamos casados, es normal que compartamos la habitación.

–¿La tranquilidad de tu ayuda de cámara es más importante que la mía?

Zayed se echó a reír de un modo tan masculino, que una oleada de deseo la recorrió entera.

–No me hace gracia, Zayed. No he dormido bien desde hace días.

Zayed, que tenía una increíble habilidad para leerle el pensamiento, dijo:

–Podrás dormir perfectamente en nuestra habitación. No te morderé y te prometo que no saltaré sobre ti.

–Es que estoy acostumbrada a dormir sola. Jamás he pasado la noche con un hombre.

–No es muy distinto que echar una siesta conmigo, sólo que la noche es más larga.

–Pero si te siento en la cama, sabré que estás ahí.

–¿Y eso no puede ser algo bueno?

«Algo perturbador», se dijo en silencio. Alzó la cabeza y lo miró.

¿Cómo era posible que ese hombre tan guapo, ese rey, fuese su marido?

–¿Vamos a la cama? –preguntó él.

–Sólo si ponemos un muro de almohadas entre los dos –respondió fría.

–¿De qué tienes miedo? Te he prometido que no te seduciría esta noche. Dormirás sin que te moleste.

«Tengo miedo de ti», quiso decirle. «Miedo de enamorarme de un hombre que nunca me corresponderá». Pero no dijo nada consciente de lo importante que era mantener la dignidad.

–Sólo tengo miedo de no descansar como necesito. Pero sabe que, si te pones amoroso, te daré un codazo, y dolerá.

–¿Sabes? –dijo entre risas–, eres la primera mujer que me ha amenazado si la tocaba.

–Porque soy la primera mujer a quien tratas de seducir que tiene sentido común.

Lo miró y en sus ojos vio el reto que ella representaba para él.

–Espero que Manar no haya olvidado traerme el camisón.

–Espero que sí –respondió él–, dormirías mejor desnuda...

–¡Ja!

–Si no lo ha hecho, puedo dejarte una camisa para dormir. Primero mira en tu armario, es ése.

Rou abrió el armario y fue recibida por un arco iris de color y un mueble lleno de ropa interior de seda y satén y un par de camisones. Tomó el primero que vio, uno de seda color marfil con tirantes y se cambió en el cuarto de baño. Se cepilló los dientes y el cabello, y salió del baño y caminó hacia la cama como si no le preocupase nada en el mundo, como quien pasea por un parque, como si Zayed no estuviera en un sillón contemplándola con una sonrisa.

–Bruto –murmuró para sí misma–. No es una caballero.

Llegó a la cama y se dio cuenta de que no sabía qué lado prefería. Dudó, se volvió hacia él, consciente de que la estaba mirando con ese camisón más transparente de lo necesario.

–¿De qué lado duermes?

–Suelo dormir en el medio –dijo, recorriéndola entera con la mirada.

–Por desgracia, esta noche sólo tienes media cama. ¿Qué mitad va a ser?

–La mitad en la que duermas tú.

–Me lo has prometido –le ardían las mejillas y notó que se le endurecían los pezones.

–Eso ha sido antes de que te pusieras ese camisón.

–Bueno, voy a dormir de este lado y tú te quedarás con el otro y mañana discutiremos lo que sea necesario discutir –se metió en la cama, colocó las almohadas y se tapó hasta la barbilla–. Buenas noches.

–Buenas noches.

Zayed no se metió en la cama de inmediato. Apagó todas las luces menos una y se dispuso a leer unas horas. Rou abandonó la idea de permanecer despierta y la siguiente vez que se despertó lo hizo porque estaba muy caliente. Muy, muy caliente y demasiado confinada.

Frunciendo el ceño, tiró de la ropa de la cama y entonces se dio cuenta de que no eran las sábanas lo que la sujetaba, sino un gran brazo que la rodeaba.

Se puso rígida alarmada. Sí, habían dormido así de juntos el día anterior después de hacer el amor, pero eso era diferente. Habían hecho el amor y eso era la postura más normal después, pero esa noche no, esa noche quería dormir y no abrazada, y dormir era dormir.

–Respira hondo –dijo Zayed con voz somnolienta–, varias veces...

–Quizá me relaje más si te apartas un poco.

–Quizá deberías tratarte tus problemas con la intimidad.

–¿Mis problemas con la intimidad? –levantó la cabeza para mirarlo–. ¿Los míos?

–Tranquilízate antes de que te excites y luego no puedas volver a quedarte dormida y grites y des patadas.

–No grito ni doy patadas. Sólo te comunico mi incomodidad por que me abraces.

–Pero si es estupendo.

–Para ti.

–Y para ti.

–Para mí no –le dio un codazo en las costillas–. Y tratar de convencerme es una pérdida de tiempo y de aliento.

–¿De verdad?

–¿Zayed? –se dio cuenta de que ya no la sujetaba de la cintura, sino que su mano estaba peligrosamente cerca de los pechos.

–Sí, amor mío.

Cerró los ojos tratando de no notar la agradable sensación de su mano justo debajo de los pechos. Tenía el seductor tacto del diablo, pensó mientras separaba los labios en silenciosa protesta mientras su mano cubría un pecho y acariciaba el turgente pezón.

–No soy tu amor –jadeó desafiante.

–No, eres mi esposa –respondió, haciéndola rodar sobre su espalda y acomodándose entre sus piernas.

Se acercó y la besó de un modo urgente que exigía respuesta. El corazón de Rou se desbocó y la sangre de sus venas se espesó de deseo.

Separó los labios y lo rodeó con los brazos. Las lenguas se enredaron provocando un incendio en ella que le hizo levantar las caderas anhelante. Pero Zayed no tenía prisa, y se entretuvo en el beso mientras la acariciaba de un modo que aumentaba su desesperación.

–Sí, *habibati* –murmuró contra su boca.

–Sabes lo que quiero.

–Me temo que no –le mordió el cuello–. Parece que no te gusta cuando te toco.

Gimió de deseo y frustración cuando le recorrió el cuello con la lengua.

–Sí me gusta –dijo con los dientes apretados.

–¿Sí?

–Estaba equivocada –dijo antes de gemir cuando los labios de él llegaron a un pezón.

Estaba fuera de control. Lo abrazó y levantó las caderas una y otra vez notando su erección a través del pantalón del pijama. Se frotó contra él notando la dureza.

Zayed rugió y su control se terminó, le levantó el camisón por encima de la cintura dejando a la vista los rubios rizos que cubrían su sexo. Alzó la cabeza y la miró mientras le acariciaba el vientre y las caderas.

–Eres tan hermosa… –dijo con voz ronca–. Haces muy difícil que me resista.

–Entonces no lo hagas –dijo ella–. Porque no creo que ahora pudiera soportarlo.

Le separó las rodillas con las suyas y acomodó su cuerpo entre las piernas haciendo que su erecto sexo presionara contra el cuerpo de ella. Con una embestida suave y seca entró dentro de ella llenándola de placer. ,

«Asombroso», pensó Rou mordiéndolo en el hombro y sorprendida mientras entraba en ella una y otra vez llenándola de calor y despertando hasta el último de sus nervios, insistiendo hasta que renunció a mantener el control entregándole su cuerpo y su voluntad. El orgasmo fue tremendo, le llegó por sorpresa e hizo que sucesivas oleadas de placer le recorrieran el cuerpo mientras su sexo se tensaba y relajaba alrededor de él. Y cuando ya pensaba que se había terminado, sintió otra oleada de placer y la tensión empezó a crecer de nuevo, ola tras ola precipitándose a un segundo orgasmo más fuerte que el anterior.

Se quedó sin fuerza bajo Zayed, sudando y con el pulso aún acelerado. Abrió un ojo y lo miró. Trataba de no reírse.

–¿Estás viva?

–Apenas.

–¿Dos? ¿No eres un poco glotona?

Rou se ruborizó y arrugó la nariz aborreciendo tener que preguntarle por su satisfacción.

–¿Tú... has... llegado?

–Sí, me las he arreglado, gracias.

–No es culpa mía –protestó a la defensiva–. Tú eres el que me hace estas cosas. No te has contentado con parar en el primero...

–Me preguntaba si podrías tener dos.

–Gracias a ti, sí.

–Mi iceberg se derrite –la besó varias veces.

Y el corazón de Rou cedió. Lo amaba.

Estaba metida en un lío porque lo amaba y su hermoso marido amaba a otra.

No tenía palabras, así que recibió sus besos con hambre y urgencia.

Lo amaba y esperó, rogó que algún día él la amara. Aunque fuera sólo un poco.

A la mañana siguiente, Zayed había hecho llevar el desayuno a la cama a Rou. Ésta seguía durmiendo cuando Manar había llegado con una bandeja de pasteles, yogur, zumos y café. Zayed esperó mientras Manar instalaba la bandeja en el regazo de Rou.

–Tengo que hacer unas llamadas en unos minutos –le dijo a Rou–, pero en cuanto termine vengo a por ti y nos escapamos por ahí.

–¿Escaparnos adónde? –alzó la cabeza para mirarlo mientras daba vueltas al café.

–A mi casa de verano en Cala. Es un hermoso lugar en la playa, necesitamos una luna de miel.

Se ruborizó por la mención de la luna de miel al recordar cómo habían pasado la madrugada.

–¿Puedes permitirte que nos marchemos ahora?

–Podemos irnos unos pocos días –le acarició el pelo–. Le diré a Manar que prepare tu equipaje.

–Sí, sí, por favor.

Dos horas después, estaban en el helicóptero saliendo de Isi hacia la playa de Cala. Tras una hora de vuelo, Zayed señaló el azul de debajo.

–El mar –dijo y un cuarto de hora después señaló un complejo blanco y añadió–. Mi palacio.

Su palacio. Lo miró de soslayo repitiendo sus palabras. Se había casado con un hombre con palacios. Se había casado con un rey. Se había casado. Qué extraño. Así no iba a ser su vida.

El aparato descendió lentamente sobre un helipuerto en el complejo del palacio y pudo ver mejor su bonita arquitectura. Torres, ventanas con forma de arco, celosías, muros de piedra.

Palmeras y cocoteros crecían a los lados del edificio de blancas paredes. Justo cuando el helicóptero aterrizaba, Rou atisbó una piscina dentro de un jardín rodeado de muros que miraba hacia el océano y no pudo evitar agarrar emocionada la mano de Zayed. Iba a ser divertido.

¿Cuándo había sido la última vez que se había divertido?

Se volvió a mirar a Zayed y sonrió. Él se llevó su mano a la boca y la besó, dándole así esperanzas de que sí, quizá algún día podría amarla. Quizá no era un sueño imposible.

Pasaron los siguientes cuatro días haciendo el amor, durmiendo, tomando el sol y bañándose en la piscina y el mar y comiendo y bebiendo más de lo que Rou lo había hecho en su vida.

Zayed era atento y maravilloso. Le contaba historias, le hacía reír y hacía que cada vez estuviera más enamorada de él.

Rou sabía que el jueves por la noche tenía que volver a Isi para una reunión de su gabinete. También tenían que hacer los últimos ajustes para el funeral de

Sharif, y Zayed quería comentar todos los aspectos en persona con Jesslyn. Sería un largo día en la capital, pero por la noche volvería en helicóptero.

Cuando se levantó de la cama, Rou le dijo:

–Quizá debería ir contigo, podría ayudar en algo.

–El palacio es muy triste –dijo desnudo desde la puerta del baño–, este palacio está lleno de luz. Quédate. Relájate. Lo pasarás mejor.

–Pero ¿qué pasa si no lo resuelves todo hoy? ¿Qué pasa si te tienes que quedar esta noche?

–Pues me quedo por la noche y vuelvo a primera hora de la mañana. ¿No tienes trabajo que hacer? No te he visto revisar el correo electrónico desde que llegamos. Puedes aprovechar para ponerte al día.

Tenía razón. Sus clientes debían estar al borde del pánico porque nunca había estado tanto tiempo sin responderles, pero trabajar allí no sería como trabajar en San Francisco.

–De acuerdo. Trabajaré mientras trabajas, pero si puedes vuelve esta noche. No será lo mismo sin ti.

NO volvió esa noche. Ni la siguiente. Ni llamó ni mandó una nota diciendo cuándo volvería.

Hirió sus sentimientos, pero no iba a permitir que esa vez la afectara. Sabía que tenía muchas preocupaciones y responsabilidades, que toda su familia estaba sometida a una gran presión y se apoyaba en él, lo que le hizo prometerse no añadir más presión.

Lo ayudaría haciendo las cosas más fáciles y manteniendo todo en calma, así que se concentró en su trabajo, sabiendo que así tendría más tiempo libre cuando llegara él. Y quería tener tiempo para él, lo anhelaba, se sentía muy unida a él.

Suspiró y sacudió la cabeza mientras caminaba por la playa privada delante del palacio y las suaves olas le lamían los pies. Le encantaba ese lugar, el sol, el mar, el aroma de la sal en el aire, pero se sentía muy sola.

Porque cuando Zayed se iba, se sentía completamente sola, tan completamente que volvieron los recuerdos de la infancia, recuerdos de abandono. Cuando su padre bebía y olvidaba ir a buscarla. Cuando su madre tenía depresión y no se ocupaba de ella. Cuando los jueces finalmente otorgaron la custodia a su abuela en Inglaterra.

A pesar de ser adulta, seguía sin estar segura de si la gente estaría ahí cuando la necesitara, no confiaba en que aquellos a quienes amaba estuvieran disponibles, accesibles.

El miedo y las dudas sólo engendran miedo y dudas, se recordó entrando en los jardines. Subió los escalones hacia la zona de la piscina y se prometió no entregarse al miedo y la inseguridad, esa vez no. Zayed estaba trabajando, eso era todo. Ella tenía trabajo también y, cuando se cansara de trabajar, se divertiría con algo.

El resto de la mañana lo pasó en la piscina trabajando bajo una gigantesca sombrilla escribiendo un artículo para una revista y preparando una conferencia que daría en Chicago en dos meses. A mediodía, volvió a su habitación, se duchó y se puso una túnica de seda turquesa bordada en marfil, unos pantalones capri marfil y sandalias con pedrería. Ya vestida, fue a hablar con uno de los mayordomos de palacio para decirle que hiciera todos los arreglos necesarios para ir al bazar de la ciudad a hacer unas compras.

El mayordomo, horrorizado, le dijo:

—Es sábado, el bazar estará lleno de vendedores y turistas. No le gustará. Sólo hay puestos de cacharros, hilos y comida, nada que le vaya a gustar.

—Pero si eso es exactamente lo que quiero ver. Calas tiene una historia tan fascinante… Me encantará conocer algo.

—Debería preguntárselo a su Alteza.

—No —dijo con firmeza—. No necesita preguntarle a su Alteza si puedo salir del palacio. Sólo voy a ir a la ciudad, y seguro que conmigo vendrán unos cuantos guardaespaldas, así que no hay razón para la alarma.

El mayordomo le asignó un equipo de seguridad completo, lo que suponía cuatro guardaespaldas.

Rou miró todo con gran interés, emocionada por la perspectiva de ver el histórico puerto y recorrer el famoso bazar. Esperaba poder comprarle algo a Zayed como regalo de boda.

El mercado estaba tan atestado como el mayordomo había dicho. Rou paseó durante casi dos horas, deteniéndose una vez a tomar una taza de té en un puesto.

El dueño estaba encantado de que hubiera elegido su establecimiento y le sirvió unas galletas de almendras con el té.

Al final de la tarde concluyó su periplo comprando pan y queso, chocolate y frutas y algunas botellas de un refresco de limón. Pediría al personal de cocina que lo guardase hasta que volviera Zayed para sorprenderlo con una merienda en la playa.

Cansada pero contenta volvió al palacio y descubrió que Zayed había llamado mientras estaba fuera. Tardaría unos días en volver.

Con las bolsas de la compra aún en las manos, miró triste al mayordomo.

—¿Ha dicho cuándo volvería?

—No, Alteza. Sólo ha dicho días.

Se tragó la decepción, le entregó la compra y se marchó a su habitación. Se quedó en la ventana un largo tiempo mirando las olas llegar a la playa. Días, ¿qué significaba eso?

Después de media hora y mucha frustración, decidió hablar personalmente con él. Como su móvil no tenía cobertura en Cala, tendría que llamar desde el teléfono del palacio. Salió de su habitación y fue a buscar al viejo mayordomo para preguntarle dónde podía llamar por teléfono.

El mayordomo le dijo que él haría la llamada por ella. Rou se puso rígida por el tono de su voz.

—Si me dice dónde está el teléfono, llamaré yo misma.

—¿Tiene el número?

—Sí, el de su móvil.

—La familia real no usa móviles en el palacio. Tiene unos números especiales. Si me dice el sitio al que quiere llamar...

–No –tenía la voz temblorosa–. Quiero hablar con mi marido. Tengo que poder llamarle sin mayordomos, ni ayudas de cámara ni servicio interfiriendo.

–Yo no estoy interfiriendo –dijo en tono duro el mayordomo–, Alteza, sólo trato de ayudar –terminó la frase y se marchó.

No había entendido. No había dicho que él estuviera interfiriendo, pero ¿qué esperaba? El inglés no era su lengua materna y tampoco estaba acostumbrado a tratar con mujeres occidentales, ni tampoco a las expectativas de las mujeres occidentales.

Respiró hondo para calmarse. No podía hacer lo más mínimo sin ayuda. Odiaba esa falta de independencia, aborrecía pedir ayuda, pero quería hablar con Zayed más que nada y, si necesitaba la ayuda del mayordomo, se la pediría.

Fue a buscarlo. Le dijo que lo sentía y que quería que la ayudase a hablar con el rey. El mayordomo asintió e hizo una gesto para que lo siguiera. Rou se sentó a esperar en una silla mientras marcaba el número del palacio de Isi y pedía que lo pasaran con el rey, que su esposa esperaba para hablar con él.

Pasaron varios minutos y el mayordomo habló con diferentes personas de Isi hasta que colgó.

–Lo siento, Alteza, el rey está reunido, pero su equipo me ha dicho que le dará el mensaje de que ha llamado.

Rou sonrió, pero su decepción se incrementó aún más. No quería parecer insistente, pero se sentía insignificante y, lo que era peor, muy sola.

Empezaba a preocuparle que todo lo que había temido sobre el matrimonio fuera a sucederle.

Mientras Zayed se ocupaba de sus asuntos en Isi, ella daba vueltas por el palacio de Cala esperándolo.

No hacía más que pensar en Zayed. Lo esperaba como había esperado a sus padres, que su madre dejara de llorar, que su padre dejara de beber, que alguien fuera con ella.

Por eso no se había querido casar nunca. Por eso le había dado miedo el amor.

Por eso dejarla esperando la hacía sentir algo terriblemente cercano al desprecio.

Paso una semana entera antes de que el ruido de un helicóptero se oyera en el palacio de verano. Rou fue a la ventana sabiendo que era el helicóptero de Zayed, que era él que volvía. Después de diez días de ausencia.

Se alegraba, pero al mismo tiempo tenía miedo y no sabía qué sentir o pensar. Esperó en su habitación una hora después de que el helicóptero había aterrizado, esperó que fuera a verla o al menos que mandara a por ella, pero pasaron los minutos y no sucedió.

Decepcionada, pero decidida a no derrumbarse, se obligó a dejar de pasear, tomó un libro y se puso a leer para distraerse hasta que llegara. Iría. No la había visto en diez días, algo tenía que echarla de menos.

Ella desde luego lo echaba de menos. Y no se había sentido realmente sola hasta los últimos días. Su móvil no funcionaba y los correos electrónicos eran esporádicos. Empezaba a echar de menos su vida, su trabajo, su actividad.

Y siguieron pasando las horas sin Zayed.

Se frotó los ojos para evitar las lágrimas. No podía llorar, él sólo estaba ocupado. No sería consciente de lo emocionada que estaba ella, de lo mucho que deseaba verlo. Si lo supiera, estaría allí, ya habría ido.

Pero sus pensamientos no tuvieron efecto, se dio

cuenta de que era lo mismo que se decía de pequeña cuando esperaba a su padre durante días.

Se cubrió el rostro con las manos y se echó a llorar. Ella, que jamás había querido casarse, se había casado con un hombre igual que su ausente, absorbente y hermoso padre.

Al final de la tarde la doncella le llevó una nota en una bandeja. Esperó a que se fuera para abrirla. *Cenarás conmigo a las nueve. Zayed.* Leyó la nota dos, tres veces constatando que era su letra y pensando en su elección de las palabras. No era una invitación, era un orden. Cenaría con él.

Eso era lo que había esperado. Ése era el hombre al que había echado de menos diez días.

Hizo pedazos la nota.

Iría con su marido, pero no esperaría a las nueve. Iría ya. Así no era como quería que volviera a casa. No era el matrimonio que había esperado.

Se puso unos pantalones blancos, un suéter verde esmeralda y unos zapatos planos. Se cepilló pelo hasta que lo hizo brillar y después se lo recogió en una coleta. Se puso una pizca de maquillaje y marchó en dirección al despacho de Zayed, una zona del palacio a la que nunca había ido.

Una vez que llegó a la zona, ignoró los protocolos de seguridad. No querían que entrara. Se suponía que no podía entrar sin permiso.

Irrumpió en el despacho e ignoró las miradas de sorpresa del equipo de Zayed mientras se dirigía a la mesa. Ignoró la expresión de Zayed, le dio lo mismo su desaprobación. Le dio lo mismo que todo el palacio lo supiera. No era de su cultura, no estaba acostumbrada a ser tratada como alguien de segunda clase.

–Tengo una reunión en Zurich dentro de dos días –dijo crispada–, y ya he hecho el equipaje. No necesito utilizar tu avión porque ya tengo billetes reservados en Sarq Air, pero necesito mi pasaporte. Creo que lo tenías tú por seguridad.

Por un momento, nadie dijo nada y todo el equipo desapareció rápidamente y en silencio dejándolos solos.

Lo de la reunión era cierto, pensó Rou. Había dicho lo del equipaje para que pareciera que sus planes eran firmes, pero no era exactamente cierto.

–Te vas –dijo él cuando se quedaron solos.

Lo miró hipnotizada, considerando que estaba aún más guapo, si eso era posible. Sólo mirarlo le debilitaba el corazón y su decisión. Pero no podía aflojar o acabaría siendo tan ridícula como su madre. Los hombres despreciaban a las mujeres ridículas y las mujeres que se despreciaban a sí mismas se volvían ridículas. A ella no le pasaría eso.

–Echo de menos mi trabajo, tengo que volver a él.

–Está bien –se recostó en la silla–. Acordamos que seguirías trabajando y tu trabajo requiere viajar.

No le importaba, pensó ella. Y el dolor estalló dentro. Jamás le importaría.

–Pero no volveré –dijo tranquila pero con firmeza–. Tengo una oficina y una casa en San Francisco. No tiene sentido permanecer aquí. No se me necesita y allí sí. Además acordamos que el matrimonio sería algo temporal, así que ¿para qué prolongarlo?

–Eso, ¿para qué?

Su corazón se hacía pedazos y a él le daba igual.

–Bueno, pues ya está –el dolor y la furia se estaban apoderando de ella–. ¿Eso es todo lo que tengo que hacer? ¿Hacer las maletas, reservar un billete y largarme?

–No eres una prisionera. Eras libre para irte en el momento en que quisieras.

Su falta de expresividad, de sentimiento le taladró el corazón. Había dejado todo por él y para él no había significado nada.

—Ahora lo veo —dijo con voz temblorosa por la rabia—. Has asumido tus responsabilidades. Has hecho exactamente lo que se te requería. Casarte. Convertirte en rey. Y ya no me necesitas.

—Yo no he dicho nunca eso.

—No, pero desde que nos casamos apenas has pasado un momento conmigo. Hemos estado cinco noches juntos en dos semanas. El resto del tiempo has estado ausente. Ni siquiera devuelves las llamadas. ¿Te disgusto demasiado, rey Fehr? ¿Es tan difícil, tan incómodo pasar tiempo conmigo?

—No te evito para castigarte...

—Así que me estás evitando.

—Tengo trabajo —suspiró—. Reuniones con el gobierno y dignatarios que recibir. El país ha estado sin gobierno casi un mes y han pasado muchas cosas que hay que atender.

—Pero no a tu nueva esposa. Es sólo una mujer. Un asunto menor.

—Eso es una niñería.

—Quizá —dijo despacio—, pero al menos soy sincera. Al menos puedo decir que necesito más —en sus labios se dibujó una frágil sonrisa—. Al menos puedo admitir que te necesito.

Esperó a que él dijera algo, algo que diera sentido a las dos últimas semanas, semanas en las que había tratado de ser paciente con él, de estar a su disposición, y hacer todo lo que hubiera querido que hicieran por ella.

Pasaban los segundos y Zayed no decía nada. La miró inexpresivamente, estaba vacío y así quería permanecer.

Le gustaba no sentir nada. Pero a ella no. Estar

cerca de él le había enseñado que los sentimientos, las emociones podían ser algo bueno.

Pero no si no eran correspondidos, si no eran compartidos.

—¿Mi pasaporte? —dijo en un susurro extendiendo la mano.

Zayed abrió un cajón y le devolvió su pasaporte.

«Di algo», gritó ella mentalmente. «Di algo que me ayude a perdonar y olvidar. Algo que me permita quedarme». Pero no dijo nada.

—Adiós, Zayed —dijo con calma, mirándolo a los ojos—. Buena suerte.

Desde su silla tras la mesa la miró marcharse con el pasaporte en la mano.

Si sentía algo, se negaba a identificarlo. Mejor que se marche, se dijo. No era de allí, jamás lo sería. Al menos así estaría segura.

Le dolió más de lo que pensaba que le dolería. Le había hecho daño a pesar de su promesa de protegerla, aunque había tratado de protegerla. Había tratado de mantenerse alejado, minimizar el impacto en su vida, intentado mantenerla fuera de su mundo y sus problemas. Pero ese mundo era complicado y lo consumía y él no sabía cómo ser el rey de Sarq y el hombre que ella necesitaba. Y sus lealtades estaban claras. Sarq primero.

Rou era dura y lista, estaría bien, siempre estaría bien.

Diez minutos más tarde, oyó un motor y por la ventana vio alejarse uno de los coches del palacio. Sintió una oleada de arrepentimiento. La echaría de menos. La había echado de menos esos diez días. Sólo Dios sabía lo cerca que había estado de enamorarse de ella.

El arrepentimiento era como una mordaza en su corazón.

Su Rou... Esperaba que estuviera bien, tenía que

estarlo. No era una frágil damisela. Lo olvidaría en poco tiempo. Él, en cambio...

Se llevó una mano a la sien. Llevaba días doliéndole la cabeza y nada aliviaba ese dolor.

Si no fuera Zayed Fehr... Si no fuera por la maldición...

Capítulo 13

Sharif Fehr encontrado vivo

Con el corazón desbocado y un nudo en el estómago, Rou leyó el titular del *Chicago Tribune*.

Ochenta días después de su desaparición, había aparecido vivo.

Trató de leer la noticia, pero le temblaban tanto las manos que era imposible.

Apoyó el papel en la mesa de la cafetería y lo alisó.

¿Cómo era posible? Era un milagro.

Pensó en Jesslyn y los niños. Tenían que estar contentísimos.

Y Zayed. Zayed...

Se le llenaron los ojos de lágrimas y se las secó con fuerza para poder leer.

Tras el accidente del avión real, Sharif Fehr, herido y con quemaduras, fue rescatado por una tribu bereber. Los nómadas no reconocieron al rey, y él, debido a las heridas en la cabeza, tampoco sabía quién era. Hace un mes Khalid Fehr, hermano menor del rey, oyó un rumor sobre que una tribu nómada buscaba medicinas para un hombre herido y actuó de inmediato. Le ha llevado casi dos semanas dar con la tribu, pero en cuanto lo hizo reconoció a su hermano. La familia está reunida en Isi donde el rey recibe cuidados médicos.

Dejó de leer y se llevó una mano al estómago para reprimir una náusea. No quería vomitar.

«No pienses en ello, pasará, siempre lo hace. Piensa en que Sharif está vivo».

Y si estaba vivo, ¿qué suponía eso para Zayed?

Pero pensar en Zayed hacía que le doliera el pecho y que le costara tragar.

Zayed no era asunto suyo. Ya no. No habían hablado, pero... ¿cuándo lo habían hecho? Y no se habían comunicado desde que se había marchado. Había abierto una cuenta a nombre de ella en San Francisco y transferido los fondos que le había prometido. Millones. Y cada mes mandaba más.

Ella no tocaba la cuenta. No abría los extractos que le llegaban del banco. No quería su dinero. No quería que financiara su centro de investigaciones. Ya había hecho bastante: le había roto el corazón.

Cuatro horas después, daba su conferencia sobre los efectos bioquímicos de enamorarse. Habló a terapeutas sobre el cóctel químico que era el enamoramiento. Habló sobre lo doloroso que era el final de una relación sobre todo cuando ésta estaba en la fase inicial y la dopamina aún fluía por el organismo, y sobre las consecuencias de la falta de esta sustancia..

En su fría voz y tono científico no se notaba la angustia que había pasado las semanas que habían seguido a su marcha de Sarq.

Había teorizado sobre lo necesario que sería desarrollar un fármaco para los desengaños amorosos, pero eso había sido años antes.

Terminó la conferencia, respondió preguntas durante veinte minutos y acabó el acto.

Salió del escenario y buscó lo primero que encontró, una bolsa de plástico, para vomitar.

¿Cuánto iba a durar eso? ¿Cómo iba a superarlo? Nunca había querido casarse, nunca había querido tener hijos y había acabado con el corazón roto, embarazada de ocho semanas y terriblemente sola. Podía manejar la soledad, pero no estar embarazada sola. Sólo Dios sabía qué clase de madre sería.

El rey Zayed Fehr estaba de pie en uno de los laterales del escenario viendo hablar a Rou. Siempre había sido delgada, pero en ese momento estaba definitivamente flaca y demasiado pálida. Hablaba bien, su voz era clara y fuerte. Respondía las preguntas con confianza.

Le había ido bien. Había hecho bien en dejar que se fuera. Era una gata, siempre caía de pie.

Se alegró de haber ido a escuchar la conferencia, de ser testigo de su éxito.

Rou acabó su intervención y salía del escenario en dirección a donde estaba él. Dio un paso atrás en la sombra para que no lo viera. Según salió del escenario la vio agarrar una bolsa de basura y vomitar dentro. Volver a vomitar sentada encima del cubo de basura con los hombros temblorosos y las lágrimas corriéndole por las mejillas.

Estaba enferma y la conmoción le hizo abandonar su escondite.

Estaban en el asiento trasero de su limusina de camino al hospital. Rou estaba pálida. No la escuchaba, no le prestaba atención, pero ¿cuándo lo había hecho?

–No estoy enferma –repitió, bajando la ventanilla para que le diera el aire fresco de la noche.

–Estás negando...

–No es una negación –interrumpió brusca. Apretó los puños, no podía vomitar en el coche–. Y no necesito ir a un hospital. No hay nada que puedan hacer por mí...

–Eso no lo sabes –casi gritó.

Rou, que nunca le había oído alzar la voz, se echó a reír.

–¿Qué te resulta tan divertido? –preguntó enfadado.

–Tú. Nosotros, Todo esto –se apoyó en la puerta para alejarse de él–. Que te hayas casado con la única mujer del mundo que no te desea. La única mujer que jamás ha querido casarse ni tener hijos –le brillaban los ojos y tragaba convulsivamente para reprimir las náuseas–. No estoy enferma, Zayed, estoy embarazada.

Acabaron en el hospital de todos modos. O Zayed no la creía o necesitaba pruebas y el médico, en cuanto oyó el nombre de Zayed, los pasó a una sala para hacerle una ecografía.

–Ajá –dijo el médico, moviendo el ecógrafo para conseguir una imagen más nítida–. Muy bien. Así que esto es lo que tenemos.

–¿Qué? –preguntó Zayed mirando el monitor.

El médico giró la pantalla hacia ellos para que pudiera ver la imagen.

–Dos corazones –señaló algo en el monitor–. Gemelos.

Rou pensó que se iba a desmayar.

–Imposible –dijo ella–. No es posible.

–Ocurre en mi familia –respondió Zayed sin entonación–. Jamila y Aman.

–Pero no es posible –repitió Rou mientras las lágrimas le inundaban los ojos.

–Enhorabuena, definitivamente está embarazada.

Veinte minutos después, estaban de vuelta en el coche y el conductor los llevaba al hotel de Rou para recoger sus cosas. Ella no decía nada y Zayed tampoco trató de llenar el silencio.

Llevaba embarazada ocho semanas, seguramente lo sabía desde hacía un mes y no se le había dicho.

Probablemente no se lo habría dicho nunca. No se lo podía reprochar, tampoco había sido un gran apoyo. Pero aquello lo cambiaba todo. Estaba embarazada de sus hijos. Dos.

¿Un chico y una... o...?

Recordó a Jamila y Aman de pequeñas corriendo por el palacio y jugando al escondite y sintió una punzada de dolor. Sus hermanas habían sido unas niñas tan bonitas...

Zayed miró a Rou sentada en el extremo del asiento. Miraba por la ventanilla sin expresión.

–¿Estás bien? –preguntó lo más dulcemente que pudo.

–No.

–¿Qué puedo hacer?

–No puedo tener un bebé –dijo áspera–, mucho menos dos.

–Te ayudaré.

–No.

–*Habibati*, cariño...

–No me llames cariño, ni *habibati*. No lo soy.

–Eres mi esposa.

–No estamos casados.

–Estamos casados y siempre lo estaremos. Jamás me divorciaré de ti. He prometido...

–¡Tú y tus estúpidas promesas! –gritó, volviéndose a mirarlo con lágrimas en los ojos–. Vives en un mundo de juramentos y maldiciones, supersticiones y fantasmas y yo no encajo en ese mundo, no quiero estar en él. Creo en la ciencia. Creo en la realidad objetiva. En los fríos y duros hechos. Y los hechos dicen que tú nunca me amarás y yo no seré la esposa de un hombre que no puede amarme –había perdido el control–. Me merezco más, Zayed. Mucho más.

Se echó a llorar y se cubrió el rostro con las manos.

Zayed la miraba como si nunca la hubiera visto.

Ella lo amaba. No lo había dicho, pero no hacía falta. Lo había visto en sus ojos, oído en su angustia. Lo amaba y él le había hecho daño. Mucho daño.

El pecho le ardía de culpa, pero más que eso, de pesar. Viéndola llorar en un rincón del coche le pareció una niña, no una científica, y se preguntó por qué no había visto antes a la niña.

Tendió una mano para acariciarla y ella sacudió el hombro.

–No –gritó ella.

La miró. Estaba tan sola. Ninguna familia, ningún amigo. ¿Quién podría reconfortarla si no lo hacía él? Y esa constatación fue como fuego en el pecho, un fuego que ensanchó su corazón.

Ella lo necesitaba. No a cualquiera, a él. Por qué a él, no lo sabía, pero en la conferencia había dicho que el amor era aleatorio e impredecible.

Quién sabía por qué lo amaba a él, pero era así y eso le importaba, le importaba mucho. Le importaba más que en ninguna otra cosa que pudiera pensar. Y la acarició, ignorando su intento de que no lo hiciera. La levantó y la sentó en su regazo para abrazarla contra el pecho.

–No llores, mi niña –murmuró acariciándole el pelo y besándola en la sien–. No llores, estoy aquí y te amo y no te dejaré. Nunca, jamás. Te lo prometo.

Terminó quedándose con ella en su habitación del hotel. Ella dijo que porque no confiaba en que no se escapara. Él dijo que porque no quería dejarla sola estando enferma.

Rou no había querido que se quedara, pero no tenía fuerzas para oponerse. Se dio una ducha, se puso un pijama de franela y se metió en la cama.

En la cama, se dio la vuelta para no verlo, no podía ver su rostro, menos que él la mirara.

Se sentía enferma. Gemelos... y además Zayed estaba allí. Había vuelto. Vuelto a por ella. ¿Qué quería? Su padre jamás volvió a por su madre, ni a por ella. Pero Zayed estaba allí y decía que no se volvería a marchar, que estaría siempre con ella.

¿Por qué no era feliz entonces? ¿Por qué estaba tan triste?

Porque estaba allí por deber, para asumir su responsabilidad, no porque quisiera estar.

Y Sharif. Ni siquiera habían hablado de él.

Zayed esperó a que Rou se durmiera para meterse en la cama. Tardó mucho en dormirse.

Sharif había vuelto, aún herido, pero estaba vivo. Jesslyn y los niños eran felices. Olivia la esposa de Khalid, había dado a luz a un niño sano. Y él iba a ser padre.

La paz y la prosperidad habían vuelto al palacio. Quizá la maldición hubiera perdido fuerza.

O quizá, sólo quizá, estuviera a punto de romperse. O quizá, como Rou había dicho, jamás había existido, sólo había sido la culpa lo que lo había torturado durante años.

Quizá había llegado el momento de considerar la posibilidad de ser feliz.

Miró a Rou, que en sueños se había vuelto hacia él. Viéndola dormir sintió que el corazón se le derretía, le apartó un mechón de la mejilla. Rou, su esposa. La científica, la madre de sus hijos.

Necesitaba amarla, completamente, como no había amado a nadie desde Nur.

Cerró los ojos. Sintió su cuerpo entero calentarse, vivir. Los espacios vacíos se llenaron con fuego y pensó que tal vez no fuera capaz de manejar tantos sentimientos.

Apretó los dientes. Cerró los ojos para no gritar.

No había sentido tanto en años, desde la muerte de

Nur, pero lo de ese momento era completamente distinto, más complejo.

Sentía... vida. Se sentía vivo. El fuego lo había devuelto a la vida, destruido la oscuridad.

—¿Zayed? —una fría mano le rozó la mejilla—. ¿Qué pasa?

No podía hablar, no podía responder. Ella se sentó y lo sacudió por los hombros.

—¡Zayed! ¡Mírame!

Le supuso un gran esfuerzo, pero lo hizo y, al abrir los ojos y mirarla, se preguntó por qué su hermoso rostro estaba borroso, y después se dio cuenta de que estaba llorando.

—¿Zayed, qué pasa? —dijo Rou con pánico.

—Te amo —dijo con voz ronca—. Te amo y te necesito. Perdóname, amor mío, pero te necesito.

Y bruscamente el fuego desapareció, todo el fuego que había estado ardiendo dentro de él. El dolor también desapareció. Se quedó tranquilo pero exhausto.

—¿No estás bien? —preguntó confusa.

—Estoy bien.

—¿Tienes fiebre?

—¿Porque he dicho que te amaba?

—Quizá tienes un virus, una intoxicación...

No quería reírse, pero no pudo evitarlo.

—No, amor mío, no me pasa nada malo. Por primera vez en veinte años no me pasa nada malo.

Rou se inclinó y encendió la lámpara de la mesilla. Lo miró muda.

—La maldición —dijo él—. Creo que ha desaparecido —dudó y después dijo—. Ha desaparecido.

—¿Cómo?

—Me he dado cuenta de cuánto te quiero y de cómo el amor, incluso mi amor, es más fuerte que la superstición y el oscurantismo. El amor es más fuerte que todo.

–¿Todo eso ha pasado en una hora?

–Lleva una temporada –volvió a reír–. La vuelta de Sharif. La felicidad de Jesslyn. El hijo de Olivia y Khalid. Había felicidad y vida por todas partes y amor por todas partes y no podía encontrar ni rastro de la maldición. Sólo en mí había infelicidad.

–Y tu infelicidad...

–Me llevó a ti.

–A Chicago.

–Sí, a Chicago, a buscarte.

–¿Por qué?

–¿Por qué? Porque te amo.

Lo miró suspicaz y después horrorizada. Al segundo saltó de la cama.

–¡Oh, no! Otra vez no, voy a vomitar otra vez.

Mientras se metía en el servicio, Zayed llamó al servicio de habitaciones y pidió un cubo de hielo, una botella de soda, otra de ginger ale, unas tostadas, galletas, melón y uvas.

Rou volvía a la cama cuando llamaron a la puerta. Zayed acercó las bandejas y puso todo sobre la cama.

–Oh, Zayed, no podría comer aunque lo intentara –dijo, viendo los platos tapados.

–No es cualquier clase de comida –dijo recolocando los platos en las bandejas–. Piensa que es comida mágica. Comida antináuseas. Olivia pasó todo el embarazo con náuseas y jura que las uvas el melón y el ginger ale se las quitaba.

Le ofreció una uva y, tras un momento de reflexión, Rou se la comió.

–Mejor –dijo tomando ella misma una del plato.

–¿Sí?

–No curada, pero sí mejor –se apoyó en las almohadas con los ojos cerrados–. Dos bebés.

–Lo siento por ti –dijo él con una sonrisa–, pero me alegro por mí. Voy a ser padre, vamos a ser padres.

–No quiero ser madre.

–Pero si no hemos usado anticonceptivos ni una sola vez.

–Lo sé –frunció el ceño–. ¿No es extraño? Soy tan meticulosa en todo y ni una sola vez he pensado en ello. Supongo que ni pensé en que me podía quedar embarazada. Supongo que no pensaba en que del sexo vienen los niños.

–Tienes unos cuantos doctorados...

–Sí –se frotó la cabeza–. Lo sé, es un problema.

–Quizá querías quedarte embarazada. En secreto.

–No.

–Quizá.

–No, absolutamente no. No sería una buena madre. No podría serlo...

–O quizá en lo más profundo de ti sabes que lo serás. Quizá sabes que no eres como tu madre y que jamás abandonarás a tus hijos. Tú no eres así.

–Me gustaría poder decir que es así, me gusta como suena, pero es lo contrario a la verdad. Soy como mi madre. Por eso te dejé, ¿sabes? Te dejé porque soy tonta y débil y ridícula. Como ella.

La miró un momento antes de rodar sobre su espalda riendo.

–¿Por qué te ríes? Te acabo de contar mi más profundo secreto y te ríes como una hiena.

–Si eres tan débil, ¿de dónde sacaste a fuerza para dejarme? Si fueras tonta, ¿cómo habrías sobrevivido por tu cuenta sin apoyo económico o emocional? Si fueras ridícula, ¿por qué estaría yo loco por ti?

Lo miró fijamente.

–¿Estás loco por mí? –susurró.

–Absolutamente. Al cien por cien –le apartó un mechón de cabello del rostro.

–¿Cómo puedo saberlo?

–Porque estoy aquí. No podría estar alejado de ti.

He tenido que venir a verte, saber cómo estabas, asegurarme de que estabas bien.

–¿Y estoy bien?

–Estás bien, pero podrías estar mejor –la miró a los ojos–. Podrías estar conmigo. Podríamos estar juntos, Podríamos tener lo que los dos queremos... los dos necesitamos.

–¿Y qué es eso, doctor Fehr?

–Amor, *habibati*, podríamos estar juntos y tener amor.

Lo miró un largo momento buscando al hombre que la había abandonado a la primera oportunidad que había tenido, pero sólo pudo ver al Zayed que quería, que necesitaba.

–¿Dices todo esto porque has perdido tu empleo?

–No he perdido mi empleo –dijo con una carcajada.

–Pero Sharif...

–No está lo bastante bien como para poder ocupar el trono en una temporada –la risa se desvaneció–. No sale en las noticias, lo hemos ocultado a los medios, pero aún no ha recuperado toda la memoria. Su traumatismo fue severo y los médicos dicen que tardará en recuperarse.

–¿Tiene amnesia?

–Hay una importante pérdida de memoria.

–¿Conoce a Jesslyn, a los niños?

–A Jesslyn sí. Sus recuerdos son de los años que vivieron en Londres, antes de ser rey –alzó una ceja–. Te recuerda a ti, sin embargo.

–Así que sigues siendo rey...

–Sigo siendo rey –le acarició una mejilla–, pero no puedo hacerlo sin ti. Tampoco quiero. Estoy solo. Te echo de menos. Habías hecho del palacio un lugar agradable para mí. Está vacío sin ti. Vuelve conmigo. Vuelve a ser mi esposa, la reina.

Era tentador. Había estado tan triste sin él, y estar embarazada sola hacía la tristeza insoportable. Pero la vida en Sarq no era necesariamente buena para ella.

–No sé, Zayed. Me siento perdida en tus palacios, en tu mundo...

–Jamás estuviste perdida. Ni una sola vez. Sabía dónde estabas. Sabía todo lo que hacías. Me escondía de ti, fue un error y ahora lo sé. Pero no volverá a suceder. No podría permitirlo. Te amo demasiado como para hacerte daño otra vez. No te decepcionaré, te lo juro.

–Quiero tu número directo en todos los palacios –dijo alzando la barbilla–. Incluso aunque eso suponga que tengas que poner una línea separada de las demás. No quiero recurrir a mayordomos y ayudas de cámara para encontrarte. Quiero poder llamarte cuando quiera...

–Tendrás una línea personal, lo prometo.

–Y quiero viajar contigo. Si estás en Isi, estaré en Isi; si estás en Cala, en Cala.

–¿Y Montecarlo, Londres, Nueva York?

–Sí, sí y sí.

–¿Algo más, amor mío? –preguntó con una amplia sonrisa.

Rou pensó, se cruzó de brazos y se dio cuenta de que lo único que necesitaba era tiempo para crear confianza. Sabía que así cicatrizarían las heridas, porque ella no era su madre, ella era fuerte.

–Quiero que nuestros hijos crezcan en un hogar feliz –dijo después de un momento–. Quiero que seamos lo bastante fuertes como para anteponer sus necesidades a las nuestras.

–Estoy completamente de acuerdo contigo, amor mío –la besó en los labios.

Ella cerró los ojos y se entregó al beso.

–Te amo –dijo ella.

–Eso espero. Te necesito y a tu amor. Nuestros hijos también.

–Funcionará –dijo, firme y decidida–. Podemos hacer que funcione.

–Sé que podemos.

–El amor cura –dijo Rou en tono suave, mirándolo a los ojos–. Hace que todo sea nuevo –y lo besó con tanta ternura, que a Zayed le dolió el corazón un momento antes de sentir alegría.

Era un hombre bendecido con muchas cosas, pero la mayor de sus bendiciones era su esposa.

Epílogo

ROU quería bautizar a los niños, dos varones idénticos. No era algo que se hiciera en la familia Fehr, pero contó con el apoyo de Jesslyn y Olivia. Así que trajeron un sacerdote de Londres y el bautizo se celebró en la intimidad del palacio. Los padrinos fueron los hermanos de Zayed.

Rou sintió que se le abría el pecho de emoción al ver a sus hijos de seis meses en brazos de sus sonrientes tíos, sobre todo de Sharif que, tras un gran esfuerzo de recuperación, volvía a ser rey.

Zayed y ella eran libres de ir a cualquier sitio, pero habían decidido quedarse en Sarq y vivir en el palacio de Cala. A ella le encantaba el agua y el maravilloso tiempo que hacía allí. Zayed quería estar cerca de su familia, pero no demasiado, así que era la solución perfecta. Además podrían empezar a viajar, pero Rou no quería. Disfrutaba de su vida y estaba encantada de ser madre.

Había encontrado la felicidad en lo que jamás había pensado: el matrimonio y los hijos. Se sentía en casa. Su felicidad era el amor, el matrimonio y la maternidad. Tres temas que pensaba seguir estudiando en profundidad mientras viviera.

Bianca™

*Lia era inocente. O al menos lo había sido
hasta que Roark la poseyó*

En cuanto Roark Navarre
pone los ojos en Lia Villani,
la viuda más hermosa de
Nueva York, comienza una
campaña de seducción im-
placable y cruel.

Roark descubre con
asombro que Lia todavía es
virgen. Y ella se queda horrorizada al desvelarse que él
es el hombre que, años
atrás, la condenó a un matrimonio de conveniencia. Pero
es demasiado tarde para la-
mentaciones: ella se ha quedado embarazada y no tiene
otra opción más que ocultar
la existencia del bebé a su
padre, su peor enemigo...

¡Pero la oscura seduc-
ción de la inocente no ha hecho más que empezar!

Seducción cruel

Jennie Lucas

Acepte 2 de nuestras mejores novelas de amor GRATIS

¡Y reciba un regalo sorpresa!

Oferta especial de tiempo limitado

Rellene el cupón y envíelo a
Harlequin Reader Service®
3010 Walden Ave.
P.O. Box 1867
Buffalo, N.Y. 14240-1867

¡Si! Por favor, envíenme 2 novelas de amor de Harlequin (1 Bianca® y 1 Deseo®) gratis, más el regalo sorpresa. Luego remítanme 4 novelas nuevas todos los meses, las cuales recibiré mucho antes de que aparezcan en librerías, y factúrenme al bajo precio de $3,24 cada una, más $0,25 por envío e impuesto de ventas, si corresponde*. Este es el precio total, y es un ahorro de casi el 20% sobre el precio de portada. !Una oferta excelente! Entiendo que el hecho de aceptar estos libros y el regalo no me obliga en forma alguna a la compra de libros adicionales. Y también que puedo devolver cualquier envío y cancelar en cualquier momento. Aún si decido no comprar ningún otro libro de Harlequin, los 2 libros gratis y el regalo sorpresa son míos para siempre.

416 LBN DU7N

Nombre y apellido	(Por favor, letra de molde)
Dirección	Apartamento No.
Ciudad	Estado Zona postal

Esta oferta se limita a un pedido por hogar y no está disponible para los subscriptores actuales de Deseo® y Bianca®.
*Los términos y precios quedan sujetos a cambios sin aviso previo.
Impuestos de ventas aplican en N.Y.

SPN-03   ©2003 Harlequin Enterprises Limited

Deseo™

Condenados a amarse

EMILY MCKAY

Cece Cassidy estaba acostumbrada a escribir guiones, no a formar parte de la historia. Sin embargo, la prensa sensacionalista había descubierto su relación con Jack Hudson y la paternidad del niño al que ella había, supuestamente, adoptado.

Desgraciadamente, el padre fue el último en saberlo. Y se enfadó tanto con Cece que la obligó a casarse con él sin obtener a cambio ninguno de los beneficios maritales.

El magnate del mundo cinematográfico volvía a romperle el corazón; pero Cece anhelaba sus caricias y esperaba escribir un final feliz para aquel amor tempestuoso.

Aquella vez conseguiría el corazón del magnate

Bianca

Lo único que él quería era tenerla en su cama…

La meteórica ascensión de Alessandro Caretti hacia el éxito había hecho que tuviera que renunciar a Megan, una chica normal y corriente. Pero ahora, convertido en millonario, había regresado, y quería conseguir lo que el dinero no podía comprar, a ella.

Megan no pertenecía a aquel mundo de glamour. Pero a Alessandro no le importaba. Sólo estaba interesado en que ella fuera lo que él siempre había querido: su amante.

Lejos de ti

Cathy Williams